dtv

*Reihe Hanser*

Im Buch *Phenomena* steht geschrieben, dass eines Tages zwei Elfenkinder kommen und ihr Volk befreien werden. Aber können das wirklich Ilke und Alak sein, das ungestüme, abenteuerlustige Elfenmädchen und ihr nachdenklicher Zwillingsbruder? Es ist kaum vorstellbar, aber die Zeichen mehren sich, dass die beiden die Retter der versklavten Elfen sein könnten. Der gute Zauberer Scha-Ra und der Winterbär Arul, bei denen die Kinder aufgewachsen sind, glauben fest daran. Zu viert machen sie sich auf, die Macht Tarkans ein für alle Mal zu brechen.

*Ruben Eliassen*, 1968 in Trondheim, Norwegen, geboren, brach nach der 8. Klasse die Schule ab, um sich zunächst als Comic-Zeichner durchzuschlagen. Mit 18 Jahren ging er nach Oslo und hat sich seitdem als vielseitiger Illustrator u. a. für Sachbücher für Kinder, Fantasy, Krimis und CD-Cover einen Namen gemacht. Selbst Vater von zwei Kindern, engagiert er sich stark für die Belange der Kinderliteratur und bemüht sich, durch seine Texte vor allem leseunlustige Jungen zum Lesen zu bewegen. Durch seine »Phenomena«-Reihe gehört er mittlerweile zu den bekanntesten Kinderbuchautoren Norwegens.

Ruben Eliassen

# PHENOMENA

1. Buch

*Die Auserwählten der Prophezeiung*

Aus dem Norwegischen von
Sabine Richter

Deutscher Taschenbuch Verlag

Das gesamte lieferbare Programm der *Reihe Hanser*
und viele andere Informationen finden Sie unter
www.reihehanser.de

www.phenomena-saga.de

Deutsche Erstausgabe
In neuer Rechtschreibung
Juni 2009
Deutscher Taschenbuch Verlag GmbH & Co. KG.,
München

Titel der Originalausgabe: ›Phenomena. Profetiens utvalgte‹
(Gyldendal Norsk Forlag, Oslo)

Umschlagillustration und -gestaltung: Eva Schöffmann-Davidov
Innenillustrationen: Ruben Eliassen
Gesetzt aus der Meridien 11,75/14˙
Gesamtherstellung: Druckerei C. H. Beck, Nördlingen
Gedruckt auf säurefreiem, chlorfrei gebleichtem Papier
Printed in Germany · ISBN 978-3-423-62397-1

Wo große Geschichten
auf kleine Geschichten treffen,
finden wir Helden und Legenden.

Karte des Landes
Senecca-Ebene
Hisch
Frostreich
Schahm
Frühlingsreich
Zuhl
Sommerreich
Gruhl
Herbstreich
Akéres-Tal
Himmels-
monolith
Aker
Balam
Schihkzer
Zheher
Hebal-Gebirge
Santor-Gebirge
Ahuya
Nem-fih
Jihdra
Chur-See
Mihraschaha
Werdad
Zheher-Wald
Mohabschakk
Stabiac
Jelda
Viga-Ljot
Merwihl-Gebirge
Edalüs
Meka
der brennende Fluss
Greschih-Pass
Chanihsa
Alam-Al-Mitz
Lethara
Efraiber-Quelle
Gebirgspass Ughih
Lupusta
San-Alabar
Parsihn-Ebene
Gebirgspass Ugh
Arugh-Gebirge

eginn des ersten Buches
ra
Hebakk-Gebirge
chihlk-Steppe
Kihldikk
ata
Gredom-Ebene
Monaga
Pülk-See
Orti
Fuhr
Keh
Perlenketten-Inseln
Tehr
Wehmlada-Ebene
El-Elem
Organon
Jarda
Bühr
Ulder
Mah
Mihr
Emblaz
Megihddah-Oase
Wüste Hada
N
ehmihnih
ebende Sand
Banhür
chlangenkrater

# Inhalt

# Die Auserwählten der Prophezeiung

# Die Flucht

Den ganzen Tag hatte es geschneit; und als der Abend kam, lag eine weiße Decke über dem Santor-Gebirge. Auch die Trampelpfade, die zwischen den Grubenbauten und den einfachen Steinhäusern rund um den offenen Platz des Elfendorfes waren weiß. Jenseits des Kreises lag ein niedriges Blockhaus, das den Murtokks als Wachhäuschen diente.

Der Duft von warmem Birkenwurzelbrei hing noch in der Luft, als die Elfen sich auf dem offenen Platz versammelten.

Sieben Murtokk-Soldaten kamen vom Blockhaus heranmarschiert. Der Anführer trug einen im Wind flatternden roten Umhang. Er brüllte einen Befehl und die Murtokks stellten sich um die Elfen herum auf. Einer der Soldaten gab dem Anführer ein großes Buch.

»Ari!«, brüllte er, und eine weiße Atemwolke bildete sich vor seinem Mund.

Ari trat mit seiner Familie vor, und der Murtokk schrieb etwas in das Buch.

»Harti!«

Ari und seine Familie durften zurück nach Hause; dafür traten Harti und Kiri vor.

»Hat sie Probleme beim Laufen?« Der Murtokk betrachtete Kiri prüfend. Kranke Elfen konnte man zu nichts gebrauchen.

»Verehrter Anführer, sie ist nur müde nach einem langen Tag«, sagte Harti und senkte seinen Kopf.

»Gibt es einen besonderen Grund für ihre Müdigkeit?«

Der Murtokk sah Harti scharf an. Harti wagte nicht, aufzublicken und etwas zu sagen.

Da trat Kiri vor.

»Verehrter Anführer, ich kann ausgezeichnet und ohne Probleme laufen.« Zum Beweis drehte sie sich um und ging davon. »Harti, kommst du?«

Dieser murmelte hastig eine Entschuldigung und lief Kiri nach.

Der Murtokk folgte ihnen einen Moment lang mit den Augen. Beinahe hätte er sie zurückgerufen, ließ es dann aber bleiben. Das hatte Zeit bis morgen. Außerdem wehte ein kalter Wind, und er sehnte sich in die warme Wachstube zurück.

Kiri stürzte in dem Moment zu Boden, als sie das Haus betraten. Harti schloss rasch die Tür, hob sie auf und trug sie aufs Bett.

»Geht es wieder?«, flüsterte er und strich ihr über die Stirn.

Ihr Gesicht war rot und kleine Schweißperlen standen ihr auf der Stirn.

»Ich glaube, es ist so weit, das Kind kommt. Du musst Mandur holen.«

Sie hatten alles seit dem Tag geplant, an dem sie erfahren hatten, dass Kiri schwanger war. Jeder wusste, dass die Murtokks alle Elfenkinder in Lager steckten, wo sie lernten, in den engsten Abschnitten der Höhlen nach Mineralien zu graben. Der Dorfarzt Mandur hatte letzten Winter seinen Sohn in einer dieser Gruben verloren. Das sollte mit ihren Kindern nicht geschehen. Harti hatte eine Brieftaube zum Zauberer Scha-Ra geschickt und um Hilfe gebeten. Scha-Ra war der letzte Zauberer, der das uralte Buch *Phenomena* hütete. Harti war ihm vor fünf Wintern begegnet, als der Zauberer den Winterbären Arul vor den Murtokks, die ihn jagten, versteckt hatte. Deshalb hoffte Harti, dass Scha-Ra seine Kinder genauso gut beschützen würde. Scha-Ra hatte geantwortet, dass er das gerne tun würde, wenn es Harti und Kiri gelänge, die Schwangerschaft vor den Murtokks geheim zu halten. Die Folgen für die Elfen wären nicht auszudenken, wenn die Murtokks feststellten, dass ihnen Sklaven abhandengekommen waren. Doch solange sie nichts von Kiris Nachwuchs wussten, würden sie auch niemanden vermissen.

Harti rannte fast und schaute sich immer wieder nervös um. Die Murtokks waren misstrauisch, und er musste vorsichtig sein, um nicht entdeckt zu werden.

Mandur stand vor seinem Haus und sprach mit zwei Murtokks. Harti duckte sich hinter einen Karren und hielt den Atem an. Er spürte, wie ihm der Schweiß im Nacken zu Eis gefror. Er konnte nicht verstehen, worum es ging, obwohl der eine Murtokk laut und eindringlich sprach. Dann wurde es still. Vorsichtig lugte Harti hinter dem Karren hervor. Mandur stand allein vor seinem Haus. Als er sich umdrehte, winkte Harti ihm zu. Mandur verstand sofort, ging hinein und kam kurz darauf mit seiner Arzttasche wieder.

»Die Murtokks sagen, dass ich zu viel Zeit darauf verwende, arbeitsuntauglichen Elfen zu helfen. Sie meinen, ich solle meine Zeit nicht an Alte und Gebrechliche verschwenden«, sagte Mandur, während sie zu Hartis Haus schlichen.

Die Dunkelheit hatte sich über das Dorf gelegt. Harti zündete eine Öllampe an und stellte sie auf einen Hocker neben das Bett. Kiri atmete schwer und strich Harti zärtlich über die Hand.

»Hol eine Schüssel mit warmem Wasser und eine mit kaltem und einen Lappen«, sagte Mandur und öffnete die schwarze Tasche.

Harti war noch nie bei einer Geburt dabei gewesen, er rührte sich nicht von Kiris Seite und sah sie hilflos an.

»Wasser …«, bat Mandur wieder.

Harti verschwand hinter der Tür und kam kurz danach mit den Schüsseln zurück.

»Kann ich hierbleiben …«, fragte er, »während der Geburt?«

»Das ist zwar ungewöhnlich, aber ich könnte etwas Hilfe gebrauchen.«

Mandur wusch sich mit dem warmen Wasser die Hände, dann nickte er Harti zu, als Zeichen, dass er das auch tun solle.

Kiri atmete heftiger. »Es geht los«, flüsterte sie angestrengt und biss die Zähne zusammen.

Mandur nahm ein Holzstückchen aus der Tasche und gab es ihr. »Beiß da drauf«, sagte er und ging vor ihr in die Hocke. »Die Öffnung ist schon groß, ich kann den Kopf des Kindes fühlen.«

Kiri presste. Sie biss auf das Stöckchen, während ihr die Tränen über die Wangen liefen. Harti legte einen kalten Lappen auf ihre Stirn. Sie versuchte zu lächeln.

»Weiterpressen«, sagte Mandur.

Kiri drückte heftig Hartis Hand.

»Ich kann den Kopf schon sehen. Ich zähle bis drei und dann presst du wieder.«

Sie spannte den Körper wie einen Bogen und erstickte einen letzten Schrei.

Als Mandur sich erhob, hielt er ein winziges Baby auf seinem Arm. Er steckte ihm einen Finger in den kleinen Mund, damit es nicht weinte. Wenn die Murtokks sie hörten, wäre alles aus. Er, der Arzt, musste alle Geburten in der Wachhütte melden. Aber diese hier würde er geflissentlich verschweigen.

»Ich gratuliere, es ist ein Mädchen«, flüsterte er.

Harti strich Kiri über die Stirn und nahm ihr das Stöckchen aus dem Mund.

»Kiri, es ist ein Mädchen«, sagte er stolz.

»Nimm das Kind«, sagte Mandur und reichte es Harti. »Wickle einen Faden um die Nabelschnur und schneide sie mit diesem Messer hier durch.«

Hartis Hände zitterten, als er die Nabelschnur durchtrennte.

Kiri lächelte erleichtert, doch dann jagte der Schmerz erneut durch ihren Körper. Sie sah

Mandur ängstlich an. »Es geht wieder los«, flüsterte sie.

Er ging vor ihr in die Hocke.

Kiri klammerte sich an Harti, während sie mit aller Macht versuchte, nicht vor Schmerzen zu schreien.

Zuerst kam ein Kopf mit langen blonden Haaren, dann die Schultern und schließlich der Rest des Körpers. Mandur erhob sich mit dem Kind auf dem Arm und lächelte breit. »Ein Junge!«

Mandur legte Kiri die Kinder auf den Bauch.

»Das Mädchen soll Ilke heißen«, sagte Harti, »und der Junge Alak.«

Kiri lächelte. Sie war vollkommen erschöpft von der Geburt. »Alak und Ilke, begrüßt euren Vater«, flüsterte sie und schaute zu Harti auf.

Die Kinder gaben keinen Laut von sich, als ob sie wüssten, dass sie ein Geheimnis waren und die Murtokks nichts von ihnen wissen durften.

»Ich sollte jetzt besser gehen, bevor jemand entdeckt, dass ich nicht zu Hause bin«, sagte Mandur und packte seine Tasche.

Harti begleitete ihn zur Tür. »Danke«, sagte er leise und legte die Hand auf Mandurs Schulter.

»Ihr braucht mir nicht zu danken. Seid

nur vorsichtig. Ich hab gehört, wie die Murtokks davon gesprochen haben, dass heute Nacht Hisch, der Frostfürst, umgeht. Es ist nicht sicher, ob an dem Gerücht was Wahres dran ist, aber ich spüre, dass es kälter geworden ist. Und du erinnerst dich doch sicher an die Geschichte, dass sich Hisch ein Frostkind wünscht, um *Phenomenas* Prophezeiung zu erfüllen?«

»Mach mir keine Angst«, sagte Harti, »ich habe schon genug Sorgen, auch ohne an die alten Gruselgeschichten zu denken, die wir als Kinder gehört haben.«

Mandur öffnete die Tür einen Spalt und spähte in alle Richtungen, bevor er sich eilig hinausschlich.

»Harti«, flüsterte Kiri, als er anfing, einen Beutel mit dem Allernötigsten zusammenzupacken. »Ich möchte, dass du den Kindern das Zeichen mitgibst, das sie als Fürstenkinder ausweist.«

»Aber, Kiri, niemand hat es getragen, seit die Murtokks es uns verboten und die Elfen zu ihren Sklaven gemacht haben.«

»Ich weiß, Harti«, antwortete sie und schaute zu den Kleinen. »Aber unsere Kinder werden in Freiheit aufwachsen und sie sollen wissen, dass wir Elfen noch immer unseren Stolz und unsere Würde haben.« Dann sah sie Harti bittend an.

Er nickte seufzend und holte, was er brauchte. Dann mischte er eine dunkle, dünnflüssige, klebrige Masse an, mit der er den Kindern das fürstliche Zeichen aufzumalen begann.

»Es sieht so perfekt aus, als ob du nie etwas anderes gemacht hättest«, sagte Kiri und sah ihren Mann voller Stolz an.

Er lächelte. »Seit mein Vater es mir beigebracht hat, habe ich heimlich geübt.«

Die Kinder lagen ganz still, während Harti das Muster fertig zeichnete, das vom linken Auge über den Hals bis auf den Arm reichte.

»Wir sollten bald losgehen, Kiri. Es ist ein weiter Weg, und wir müssen zurück sein, ehe der Morgen graut.« Harti setzte sich auf die Bettkante und betrachtete seine kleine Familie. »Schaffst du das?«, fragte er seine Frau.

Sie nickte tapfer.

Der Mond verschwand hinter den Wolken und es wurde stockdunkel. Harti und Kiri öffneten die Tür und schlichen sich hinaus. Bevor der Mond wieder auftauchte und sein bleiches Licht über das Dorf warf, waren sie weit fort. Alak und Ilke gaben keinen Laut von sich. Kiri hatte sie vor dem Aufbruch gestillt und hoffte nun inständig, dass die Kinder schlafen würden, bis sie angekommen waren.

Harti holte eine Sturmlampe hervor. Er drehte die Flamme so weit herunter, dass sie nur schwach leuchtete, aber hell genug, um einige Meter weit sehen zu können. Er spähte umher. Dort vorne war ein Aussichtsturm; hoffentlich hielten die Murtokks heute Nacht nicht Wache. Andererseits hatten sie große Angst vor dem Frostfürsten und Harti war fast sicher, dass sie drinnen blieben, wenn Hisch unterwegs war.

Nach einer Weile kam die kleine Familie zu einer Felskante, an der der Berg steil nach unten abfiel. Harti schaute hinunter und konnte gerade noch den Boden erkennen. Als sie die Flucht geplant hatten, hatte er ausgemessen, wie tief es nach unten ging – es waren zwanzig Meter. Harti nahm das Seil aus dem Rucksack und befestigte es mit einer Eisenkrampe am Felsen. Es hielt.

»Die Kinder zuerst.«

Harti legte Alak und Ilke vorsichtig in den Beutel und breitete eine weiche Wolldecke über sie. Dann befestigte er das Behältnis an dem Seil und ließ es vorsichtig hinunter.

Als der Beutel mit den Kindern den Boden

erreichte hatte, seilte sich erst Kiri ab und schließlich Harti. Er versteckte das Seilende hinter ein paar Zweigen, so dass sie es auf dem Rückweg wiederfinden würden.

Kiri hielt das Bündel mit den beiden Kindern. Sie strich Alak und Ilke über die Köpfe, während Harti das Licht über sie hielt. Es war fast unmöglich, die beiden auseinanderzuhalten. Kiri sah zu Harti auf, der lächelte und küsste sie auf die Stirn.

»Wir müssen weiter«, flüsterte er.

Kiri nickte, und sie gingen in Richtung Wald. Doch obwohl sie den schweren Abstieg aus den Bergen gut gemeistert hatten, fühlten sie sich immer noch nicht sicher. Harti konnte den Frostfürsten Hisch zwischen den Bäumen rauschen hören. Solange sie sich im Wald aufhielten, konnte er ihnen nichts anhaben, wussten sie. Er brauchte Platz, um Schnee, Wind und Kälte aufzutürmen und seine Kräfte zu entfalten. Harti dachte an die Geschichten über Hisch, die er als Kind gehört hatte, und daran, dass er ihn mehrmals aus der Ferne gesehen hatte: Hisch war ein merkwürdiger Luftfürst. Niemand traute ihm und die Murtokks fürchteten ihn, dabei war Hisch nicht böse. Er machte nur, was er wollte.

Harti und Kiri näherten sich dem Schloss

des Zauberers Scha-Ra, das auf einer Anhöhe lag. Sie blieben am Waldesrand stehen. Es trennte sie nur noch eine schneebedeckte Ebene von ihrem Ziel.

»Jetzt!«, flüsterte Harti, und auf sein Kommando liefen sie, so schnell sie konnten.

Sofort begann es, stärker zu schneien. Die Elfen konnten kaum die Hand vor Augen sehen. Nun nahm auch der Wind zu und hinderte sie am Weiterlaufen. Harti versuchte, Kiri vor dem Schnee abzuschirmen, doch eine Böe ergriff ihn und schleuderte ihn nach hinten. Über und über mit Schnee bedeckt, erhob er sich und suchte nach Kiri. Sie kniete auf dem eisigen Boden und presste Alak und Ilke an sich, während der kalte Wind verbissen versuchte, ihr die Kinder zu entreißen.

»Du bekommst sie nicht!«, schrie Harti und stürzte sich auf Kiri und die Kinder.

»Sie gehören mir!«, heulte Hisch.

Der Frostfürst schlug Harti erneut zu Boden, hielt ihn dort fest und begrub ihn unter dem Schnee. Durch das Schneetreiben hindurch sah Harti gerade noch, wie Hisch Ilke aus Kiris Armen riss. Alak schrie vor Angst.

Plötzlich ertönte schreckliches Gebrüll: Scha-Ra hatte Hilfe geschickt: Der Winterbär Arul kam ihnen entgegen gerannt. Er sprang vor, schlug Hisch zur Seite und ergriff Ilke. Der Frostfürst häufte Schnee zu einer Mauer auf und ließ ihn auf den Bären niederfallen.

Es vergingen einige Sekunden, doch dann hatte Arul es geschafft: Er tauchte aus dem Schneeberg auf und hielt Ilke gut geschützt zwischen den Pranken.

»Schnell, setzt euch auf mich«, rief er.

Arul reichte Harti das Kind, und die Elfen krochen auf den Bärenrücken hinauf und ritten im Trab zum Schloss.

Doch der Frostfürst gab sich noch nicht geschlagen. »Das Mädchen gehört mir!«, heulte er ihnen nach, und als sie ans Schlosstor kamen, hatte er es bereits mit einer dicken Eisschicht verschlossen. Arul ließ die Elfen absteigen und ging ruhig und mit gesenktem Kopf auf Hisch zu.

»Ich bin einer der letzten Winterbären und habe schon einmal gegen dich gekämpft«, knurrte er den Frostfürsten drohend an.

Aruls Entschlossenheit verunsicherte Hisch und das Eis begann zu schmelzen. Der Winterbär stellte sich auf die Hinterbeine und zersplitterte den Rest mit seinen Vorderpranken. Augenblicklich öffnete sich das Tor mit einem langen, klagenden Laut.

# Im Schloss des Zauberers

Im Schloss war es warm und die Fackeln an den Wänden spendeten taghelles Licht. Arul hielt seine Tatzen um Harti und Kiri, die vor Angst und Kälte zitterten. Sie konnten kaum glauben, dass sie vor dem Frostfürsten gerettet worden waren und folgten Arul erleichtert durch einen langen Gang und eine breite Steintreppe hinauf. Er führte sie in einen großen Raum, wo Scha-Ra sie bereits erwartete. Er gab ihnen ein Zeichen, sich vor den Kamin zu setzen.

Kiri drückte die Kinder an sich und versuchte sie zu wärmen.

»Hol etwas, um sie zuzudecken«, sagte Scha-Ra zu Arul.

Der Bär verschwand und kam mit einigen Wolldecken zurück. Er blieb vor den Kindern stehen und betrachtete sie nachdenklich. Seine Eisbärenschnauze witterte, dass etwas nicht stimmte.

Er beugte sich vorsichtig zu seinem Herrn hinunter. »Scha-Ra, das eine Kind atmet nicht. Seine Haut ist hellblau«, sagte er leise.

Kiri blickte verzweifelt auf ihre Tochter.

Scha-Ra kam ihr zur Hilfe und hob Ilke hoch. Er untersuchte das Elfenkind sorgfältig, legte sein Ohr an den kleinen Körper und lauschte.

»Sie atmet, aber schwach«, sagte er sorgenvoll. »Der Frostfürst hat ihr seinen Atem eingehaucht. Sie ist nun ein Frostkind.«

Kiris Gesicht nahm einen verzweifelten Ausdruck an, und sie hielt sich die Hand vor den Mund, um einen Schreckensschrei zu unterdrücken.

»Keine Sorge, das klingt schlimmer als es ist«, beruhigte Scha-Ra die Eltern. »Sie wird Gaben besitzen wie kein anderer Elf sie je besessen hat, aber abgesehen davon wird sie ein ganz normales Kind sein.«

»Ein Frostkind?«, fragte Harti verwundert.

»Ich werde gut auf sie aufpassen, habt keine Angst!«, versprach Scha-Ra. »Eure Zwillinge werden zu gesunden Kindern heranwachsen. Das Einzige, was Ilke nicht so gut aushalten wird, ist Wärme. Ich gebe ihr zum Schutz ein Amulett.«

Harti und Kiri beugten sich über die beiden Elfenkinder und weinten. Ihre Traurigkeit wurde jedoch sofort gemildert, als sie sahen, wie Ilke auf das Medaillon reagierte, das Scha-Ra ihr um den Hals hängte: Sofort wurde sie munter, öffnete die Augen und lachte ihre Eltern an.

»Es ist wichtig, dass ihr ins Dorf zurückkehrt, bevor die Sonne aufgeht und die Murtokks eure Abwesenheit bemerken«, sagte Scha-Ra eindringlich.

»Pass gut auf sie auf«, sagte Harti und griff nach dem Arm des Zauberers.

Scha-Ra nickte. »Esst noch etwas, bevor ihr aufbrecht. Die Zeit habt ihr noch.«

Harti bedankte sich und sah fragend zu Kiri, die die Kinder umarmte und nickte.

Nachdem sie sich gestärkt hatten, stillte Kiri die Zwillinge. Ab und zu sahen sie und Harti sich an und versuchten, einander zuzulächeln. Sie wollten die letzten Stunden mit den Kindern genießen, denn sie wussten nicht, ob sie die beiden jemals wiedersehen würden.

Während die Elfen aßen, hatte Arul mit geschlossenen Augen dagesessen und sich an seine eigene Familie erinnert. Er sah die großen Gebirgsebenen, die Winterbären und den Schnee vor sich, all das, wohin er einst gehört hatte – und dann schlief er ein. Als er erwachte, war das Feuer gerade am Verlöschen. Harti und Kiri waren schon gegangen, und auf dem Fußboden lagen die beiden kleinen Elfenkinder gut eingepackt in Wolldecken und schliefen.

Arul betrachtete das Medaillon, das Ilke um den Hals trug. Es war ein Edelstein, der aussah, als wäre er aus Eis mit einem lodernden Feuer in der Mitte; die Fassung war aus Silber und hatte die Form zweier Drachenflügel. Vorsichtig berührte er das Medaillon mit seiner Pfote: Es war eiskalt.

Arul lief hinüber in das Arbeitszimmer des Zauberers, wo er Scha-Ra über ein großes Buch gebeugt fand.

»Komm und setz dich zu mir«, sagte der Zauberer eifrig.

Arul war erstaunt, dass Scha-Ra, der sonst immer so ruhig und gefasst war, nun vor Aufregung bebte.

»Darauf habe ich so lange gewartet«, rief der Zauberer. »Die beiden Elfenkinder können tatsächlich die Auserwählten sein.« Er sah Arul lange an, der rein gar nichts begriff.

»Die Auserwählten …«, sagte der Winterbär, um Scha-Ra zum Weitersprechen zu bewegen.

»Laut *Phenomena,* dem Buch der Weisheit, können unsere beiden kleinen Gäste *die Auserwählten* sein, die die Elfen von der Knechtschaft der Murtokks und die Welt von Tarkans Macht befreien werden.« Scha-Ra fuhr mit seinem Finger eifrig die Seite hinunter. »Hier steht es«, sagte er: »›In den Tagen, wenn die Winterkiste aus dem Auge der Butterblume entspringt, werden …‹«

»Warte Scha-Ra, ich begreife überhaupt nichts«, seufzte Arul resigniert.

Der Zauberer schaute auf. »Entschuldige, das war wirklich gedankenlos von mir«, sagte er und räusperte sich, bevor er fortfuhr. »Hier steht, dass die beiden auserwählten Elfen ihr Volk um sich sammeln, wenn Tarkan mit seinen Truppen auf der Gredom-Ebene Aufstellung genommen hat. Es wird ihnen gelingen, den bösen Gedanken ausrotten, und dann wird es endlich Frieden geben.«

»Was bedeutet ›der böse Gedanke‹ und wie kann man ihn ausrotten?«

»Tarkan ist kein Geschöpf, sondern ein Gedanke. Ein böser Gedanke«, erklärte Sha-Ra. »Wenn er jemanden findet, der den bösen Gedanken denken will, dann wird diese Person zu Tarkan. Tarkan zu töten heißt also, den bösen Gedanken zu töten.« Der Zauberer betrachtete Arul, um sich zu vergewissern, dass er verstanden hatte, und fuhr dann fort: »Vor der Schlacht bei Gredom sollen die zwei Auserwählten die Elfen zu einem Volk zusammenschließen und sie von der Knechtschaft der Murtokks befreien. Der eine Elf wird in der Prophezeiung ›Fürst der Weisheit‹ und ›König der Gerechtigkeit‹ genannt, der andere, so steht es hier, die ›Tochter des Frostes‹.« Sha-Ra hielt inne und sah Arul an.

»Deshalb hat der Frostfürst also versucht, Alak und Ilke zu rauben«, flüsterte Arul.

»Ja, Hisch wusste davon. Er wollte sichergehen, dass die Prophezeiung auch in Erfüllung geht. Aber so einfach ist das nicht. Prophezeiungen erfüllen sich selbst, doch ab und an brauchen sie etwas Beistand. Ohne es zu wissen, hat Hisch – indem er Ilke zur Tochter des Frostes gemacht hat – bereits einen Teil der Prophezeiung von den auserwählten Elfen erfüllt.«

»Ist Hisch auf unserer Seite?«, brummte Arul fragend.

»Hisch ist ein Wirrkopf und unberechenbar. Er steht auf der Seite der Guten, doch manchmal macht er Sachen, die er nicht tun sollte. Sachen, die anderen schaden. Es gelingt ihm nicht immer, Rücksicht zu nehmen.«

»Steht da noch mehr?«, fragte Arul.

»Ja, da steht noch viel mehr. Dass die Auserwählten getrennt von ihrem Volk aufwachsen und dass sie den Prinzen des Schneereiches reiten werden.«

»Bin damit ich gemeint?«, unterbrach Arul.

Der Zauberer lächelte. »›Wenn der Wind aus dem Norden stärker wird und die Winterkiste fortgeweht wird wie das Laub der Bäume im Herbst, wird Tarkan wie ein brüllender Löwe erscheinen und die Völker in die Irre führen. Dann ziehen die Auserwählten in das Landesinnere, um den Weinenden Mond aufzuhalten. Erkenne, wenn der Gedanke auftaucht, und achte auf diese Worte‹, steht da weiter.«

Scha-Ra blickte zu Arul. »Und wenn sich Tarkan dann zeigt, müssen die Auserwählten zur Efraïber-Quelle reisen und den Regen dort aufhalten.«

»Kommt das Wasser der Efraïber-Quelle nicht aus einem geheimnisvollen Loch im Himmel?«, fragte Arul.

Scha-Ra nickte. »Ja. Und aus dem Loch kann Tarkan Kräfte aus dem Weltall sammeln, um noch mächtiger zu werden. Deshalb müssen die Auserwählten dem Regen Einhalt gebieten.«

Arul dachte an die beiden kleinen, schlafenden Elfenkinder.

»Glaubst du, die Kleinen werden stark genug werden, um die Prophezeiung zu erfüllen und Tarkan zu überwinden?«, fragte er besorgt. »Sie sehen so winzig und zerbrechlich aus.«

»Die Prophezeiung kann nur von Kindern erfüllt werden. Tarkan hat über die Erwachsenen zu viel Macht«, sagte Scha-Ra eindringlich.

Arul dachte darüber nach, was Scha-Ra gerade gesagt hatte. Einfach würde die Aufgabe sicher nicht werden. »Ich glaube, es ist Zeit, den Kindern etwas zu essen zu geben«, sagte er dann.

»Ja, die Sonne wird bald aufgehen«, sagte Scha-Ra. »Ich mache etwas Milchbrei.«

Arul hatte Scha-Ra noch nie so entschlossen gesehen. Er blickte neugierig in das Buch. Ganz oben stand in zierlichen Buchstaben: *Die Auserwählten der Prophezeiung, von Azhel, dem ersten Wächter des Buches.* Arul blätterte um. Die Schrift war verschnörkelt, und an etlichen Stellen war die Tinte verschmiert, als ob jemand das Buch geschlossen hätte, bevor die Tinte getrocknet war. Seine Pfote hielt plötzlich inne. »Scherpas Prophezeiung«, buchstabierte er.

»Achte auf die Prophezeiung Scherpas, denn in ihr werden die Auserwählten mit dem Schwert ausgelöscht werden und niemand wird mehr ihre Namen kennen, denn niemand mehr wird sich an sie erinnern«, sagte Scha-Ra.

Arul zuckte zusammen. Der Zauberer stand in der Tür und blickte ihn ernst an.

»Ich habe die Kleinen gefüttert, sie schlafen jetzt oben im Turmzimmer«, sagte er ruhig.

»Du hast nichts von einer zweiten Prophezeiung erzählt«, sagte Arul, »in der die Auserwählten sterben und Tarkan über Aldra herrschen wird.«

»Es liegt an uns, ob die Prophezeiung aus der *Phenomena* in Erfüllung geht. Tarkan wird alles, was in seiner Macht steht, tun, um die Auserwählten an ihrer Aufgabe zu hindern, deshalb müssen wir ihnen helfen.«

»Wie kannst du so sicher sein, dass nicht die Prophezeiung von Scherpa eintritt?«, fragte Arul. »Es ist doch noch gar nicht sicher, welche der beiden Prophezeiungen in Erfüllung geht. Soweit ich weiß, ist Scherpa einer der mächtigsten Zauberer, die je gelebt haben.«

»Er lebt immer noch«, sagte Scha-Ra.

»Er lebt?« Arul wusste nicht, ob er das glauben sollte. »Wenn er noch lebt, müsste er ja …«

»Ganz genau 9653 Jahre alt sein«, sagte Scha-Ra. »Er ist es, der Tarkan am Leben hält und ihn ausgebildet hat.«

»Und gegen ihn sollen die Kinder kämpfen?«, fragte Arul fassungslos.

Scha-Ra nickte.

»Ich begreife immer noch nicht«, sagte Arul und schüttelte seinen großen Eisbärenkopf, »warum die eine Prophezeiung aus der *Phenomena* in Erfüllung gehen soll und die andere nicht?«

»Alles, was hier in diesem Buch steht, sind die Worte des mächtigen Königs Weha. Sie sind von großen Zauberern aufgeschrieben worden, es waren die fünf, die Azhel auserwählt hatte, bevor sie ins Winterland reisten«, antwortete Scha-Ra.

»Große Zauberer? Dass ich nicht lache! Dein Lehrmeister Arkin, der direkt von Azhel abstammte, wurde doch verrückt und brannte sein eigenes Schloss ab!«, rief Arul.

Scha-Ra blickte ihn streng an. Arul schämte sich sofort für das, was er da gerade gesagt hatte. Er erinnerte sich daran, dass ihm sein Großvater erzählt hatte, dass Arkins Schloss vor vierhundert Wintern und einem Sommer bis auf die Grundmauern abgebrannt war. Die Winterbären und die Leute aus der Gegend waren gekommen, um beim Löschen zu helfen. Sie bildeten eine Kette bis hinunter zum See und füllten Eimer um Eimer mit Wasser. Doch alles war vergeblich, es schien, als ob die Flammen einen eigenen Willen besaßen, und so blieben der Zauberer und seine zwei Zauberlehrlinge, ein Zwillingspaar, im Schloss eingeschlossen.

Aruls Großvater hatte erzählt, dass, nachdem das Schloss niedergebrannt war, ein kleiner weinender Junge vor seiner Tür stand. Der Junge hatte seinen Zwillingsbruder durch das Feuer verloren. Am Tag darauf hatte er die Bücher, die nicht zerstört worden waren, eingesammelt und verließ das Winterland. Arul wusste, dass der kleine Junge von damals Scha-Ra war.

»Arkin war einer von zahlreichen mächtigen Zauberern, die gegen Scherpa und das Böse aus dem Norden angekämpft haben«, fuhr Scha-Ra fort. »Er war einer der Wächter, die das prophetische Buch *Phenomena* hüteten. In diesem Buch ist die gesamte Geschichte unserer Welt seit ihrer Entstehung, als sie sich vor Milliarden von Wintern aus dem Meer erhob, aufgezeichnet.« Sha-Ra schaute Arul eindringlich an.

»Doch Scherpa lebte lange bevor das Buch geschrieben wurde«, wandte Arul ein.

»Das Böse existiert auf Kosten des Guten. Das Gute lebt aufgrund des Bösen«, seufzte Scha-Ra. »In der *Phenomena* steht, was geschieht, wenn es dem Bösen gelingt, das Gute auszulöschen: Aldra wird ein grausamer Ort werden, wo die Leute in Furcht leben und die Kinder in Angst heranwachsen müssen. Sie können nicht einmal sicher sein, *dass* sie überhaupt heranwachsen.« Scha-Ra holte Atem. »Habe ich eine Wahl? Ich bin auserwählt worden, den Kindern beizustehen und ihnen zu helfen, die Prophezeiung zu erfüllen. Wenn ich daran zweifle, dass es uns gelingen kann, dann wird es uns auch nicht gelingen.«

Der Winterbär schaute Scha-Ra lange an. »Es *wird* uns gelingen«, sagte er ernst.

Scha-Ra machte das Buch zu. Der Raum füllte sich mit einem blauen Licht, und ein Meilenzeichen erschien in der Luft. Scha-Ra legte seine Hand darauf und schloss die Augen, worauf sich das Meilenzeichen in mehrere andere Zeichen auflöste, bevor es verschwand und das Buch versiegelt wurde.

»Du bist der Einzige außer den Zauberern, der seit 913 Jahren in dieses Buch geschaut hat«, sagte Scha-Ra und lächelte Arul an.

»Ich kann ein Geheimnis bewahren«, sagte Arul und lächelte zurück.

In den ersten Wintern, die die Elfenkinder erlebten, schlich der Frostfürst Hisch um das Schloss, um zu sehen, wie es ihnen ging. Deshalb waren diese Winter auch kälter als gewöhnlich. Scha-Ra zog sich immer wieder einen dicken Mantel an und ging zu Hisch hinaus. Es kam vor, dass er stundenlang draußen stand und davon berichtete, was die Elfenkinder alles anstellten und was sie gelernt hatten. Hisch versuchte unermüdlich, Scha-Ra zu überreden, ihm die Kinder zu überlassen, doch der Zauberer weigerte sich. Er hielt Alak und Ilke während der Winter im Schloss, weil er fürchtete, dass Hisch die Kinder entführen könnte. Alak machte es nichts aus, drinnen zu spielen, er krabbelte gern auf dem Fußboden herum, doch Ilke stand oft am Fenster und betrachtete neugierig, wie der Schnee langsam den Boden bedeckte. Manchmal legte sie ihre Zunge an die Scheibe und tat so, als ob sie die Schneeflocken damit auffing.

Als drei Winter vergangen waren, hatte Hisch eingesehen, dass nicht er die Prophezeiung erfüllen würde, und ihm taten die Kinder leid, weil sie nicht draußen sein und im Schnee spielen konnten. Deshalb versprach er Scha-Ra, dass er sich künftig fernhalten würde.

Im Laufe der Jahre lernten die Elfenkinder von Arul alles, was Eisbärenkinder können müssen, um in der Natur überleben zu können. Er hatte sogar versucht, ihnen beizubringen, den Geruch von Himbeeren und Blaubeeren zu unterscheiden. Aber er verstand, dass das für die beiden zu schwierig war. Im Gegensatz zu Bären hatten die Elfen nämlich nicht nur kleinere Nasen, sondern sie konnten auch bei Weitem nicht so gut riechen. Dafür konnten sie besser sehen. Am seltsamsten fand Arul, dass Ilke und Alak so verschieden waren, obwohl sie doch Zwillinge waren. Während Alak sich anstrengte, den Geruch von Himbeeren in sich aufzunehmen, aß Ilke sie lieber auf. Sie war ihrerseits eine gute Ringerin und warf sich furchtlos auf Arul, um ihn zu Boden zu zwingen. Dann biss und kratzte und schlug sie nach Leibeskräften. Selbst wenn Arul sie festhielt, zischte und wand sie sich wie eine Wildkatze und weigerte sich aufzugeben. Alak hingegen las lieber.

Eines Abends, als Arul ihn mehrfach ermahnt hatte, sein Buch wegzulegen, um Kampftechniken zu trainieren, dauerte es unerträglich lange, bis Alak sich entschloss, zum Angriff überzugehen. Er studierte Arul eine Ewigkeit und legte sich einen Plan zurecht. Dann machte er plötzlich einen Satz auf ihn zu, drehte sich um den Winterbären, während der versuchte, Alak zu erwischen.

»Gib auf!«, rief Alak fröhlich und klammerte sich um Aruls Hals.

Arul lachte und schüttelte den Jungen einfach ab. Alak rollte über den Fußboden und rieb sich beim Aufstehen die schmerzende Schulter.

»Komm schon«, sagte Arul mit einem Lächeln. »Du gibst doch wohl nicht auf?«

»Vergiss es«, sagte Alak und schielte verärgert zu Arul rüber. »Du bist einfach zu grob, ich bin doch nur ein Kind und du bist ein großer, ausgewachsener Winterbär. Außerdem will ich weiterlesen.« Übellaunig ging Alak wieder zu seinem Buch zurück.

»Kümmer dich nicht um ihn«, sagte Ilke. »Bring lieber mir ein paar Tricks bei, dann kann ich ihn später verhauen.«

Als sie sich am Abend schlafen legten, fragte Alak seine Schwester, ob sie ihm nicht einige der Tricks zeigen könnte, die Arul ihr beigebracht hatte.

»Warum lässt du sie dir nicht von Arul zeigen?«, fragte Ilke verständnislos.

»Es ist viel besser, wenn du sie mir zeigst«, sagte Alak und lächelte. »Dich kann ich nämlich besiegen.«

»Versuch's doch!«, rief sie und warf mit einem Kissen nach Alak.

Arul stand draußen vor der Tür und horchte. Er lächelte vor sich hin: Alak und Ilke würden nie Winterbären werden. Aber er hoffte, dass sie genug lernen würden, um später allein zurechtzukommen.

»Wollten sie keine warme Milch mit Honig?«, fragte Scha-Ra den Bären, als der wieder herunterkam.

»Nein, sie schlafen wie die Murmeltiere«, schwindelte Arul.

Scha-Ra lauschte dem Lärm aus dem Turmzimmer. »Das hört sich eher an, als ob sie mit Murmeltieren um sich werfen«, sagte er und schüttelte den Kopf. Seine Aufgabe war es, den Kindern das Wissen über das Universum und über die Völker, die um sie herum lebten, zu vermitteln. Er lehrte sie die einfache Zauberkunst, zum Beispiel wie man kleine Dinge vom Boden aufheben und im Zimmer herumschweben lassen kann. Die Zwillinge lernten aber auch, kleine Tiere wie Mäuse und Lemminge zu hypnotisieren.

Scha-Ra nahm sich viel Zeit, um Ilke beizubringen, ihre Kräfte zu beherrschen. Sie hatte gemerkt, dass sie nachts ihre Bettwäsche zu Eis gefrieren ließ, ohne richtig zu wissen, wie sie das machte oder warum. Am Anfang fand sie es schrecklich, doch Scha-Ra erzählte ihr von den starken Winterkräften, die sie besaß, und was passieren könnte, wenn sie nicht lernte, sie zu kontrollieren.

Eines Tages sollte Ilke einen Eimer Wasser zum Gefrieren bringen. Scha-Ra hatte Alak die Aufgabe gegeben, ein Buch über die Wanderer zu lesen.

»Wenn du den Eimer anschaust, sollst du an das Wasser denken, das darin ist«, sagte Scha-Ra und hockte sich neben Ilke.

Ihre Augen wurden schmaler und sie richtete den Blick starr vor sich hin.

»Dann denkst du an Eis und Kälte«, fuhr er fort. »Fühlst du den Frost in dir? Sammle ihn und schick ihn zum Wasser.«

Sie konzentrierte sich und tatsächlich gefror das Wasser im Eimer langsam zu Eis.

Alak wollte gerade umblättern, als ihm das Buch vom Schoß rutschte. Er versuchte noch, danach zu greifen, doch es fiel mit einem Krach zu Boden. Ilke, die aus ihrer Konzentration gerissen war, schaute Alak an, und all der Frost, der sich in ihrem Blick gesammelt hatte, wurde mit einer gewaltigen Kraft auf ihren Bruder geschleudert. Er wurde gegen die Wand geworfen und fühlte einen intensiven Kälteschmerz auf seiner Haut. Nicht einmal schreien konnte er mehr, da die Kälte seinen Hals hinab in die Lungen jagte. Er lag auf dem Boden und schnappte verzweifelt nach Luft. Weiße Wölkchen stiegen von ihm auf und Raureif bedeckt seinen Körper.

Scha-Ra lief zu Alak. »Versuch ruhig zu atmen«, sagte er und legte sich über den Jungen, um ihn zu wärmen.

Alak griff nach Scha-Ra und atmete in kleinen, kurzen Stößen. Der Zauberer lächelte ihn an und strich ihm über die Stirn. »Gut, dass du überhaupt noch am Leben bist«, sagte er erleichtert und drückte Alak fest an sich.

»Danke«, hauchte Alak und schloss die Augen. »Mir ist so fürchterlich kalt«, sagte er und seine Zähne klapperten.

»Ich werde Arul bitten, dir ein heißes Bad zu machen«, sagte Scha-Ra und rief nach dem Winterbären.

Ilke blickte verlegen zu Boden.

Arul hob Alak hoch.

»Er hat sich den einen Arm verstaucht und ein paar Prellungen bekommen. Mach ihm bitte ein heißes Bad und reib ihn mit etwas Öl ein, bevor du ihn ins Bett bringst«, sagte Scha-Ra zu dem Winterbären. Dann wandte er sich an Ilke. »Wir müssen in Zukunft etwas vorsichtiger damit sein, jemanden an der Wand festfrieren zu lassen, ja?«, sagte er und lächelte.

Ihre Kräfte waren stärker, als er gedacht hatte. Es könnte gefährlich werden, wenn sie nicht lernte, sie zu beherrschen.

# Der geheimnisvolle Keller

In der Nacht waren die ersten Schneeflocken gefallen. Arul weckte Alak und Ilke mit einem Frühstück am Bett. Nachdem sie gegessen hatten, zogen sie sich rasch an, denn der Winterbär wollte einen Ausflug mit ihnen machen.

Draußen war das Licht blau, der Schnee knisterte unter ihren Stiefeln und auf den Bäumen lag Reif. Sie gingen hinunter an den Merihba-See und warfen Steine aufs dünne Eis. Auf dem Heimweg spielten sie Fangen. Vor dem Schloss angekommen, ließen sie sich erschöpft fallen und machten Engel im Schnee. Als sie wieder zu Atem gekommen waren, gingen sie hinein und halfen Arul, Wasser aus dem Brunnen im Keller zu holen. Die Wände dort waren mit einer dünnen weißen Eisschicht bedeckt. Arul zündete Fackeln an und die Flammen spiegelten sich auf den glatten Wänden. Alak erinnerte sich, dass Ilke und er an den Wänden herumgeleckt hatten, als sie kleiner waren, und dass das Eis salzig schmeckte. Seit Alaks Zunge einmal an einer Wand festgefroren war und Arul warmes Wasser drübergießen musste, um sie wieder abzulösen, machten sie das nicht mehr. Er schaute zu Ilke rüber, sie streckte ihm ihre Zunge heraus und lächelte – auch sie erinnerte sich. Sie gingen an Räumen vorbei, in denen über den Winter Lebensmittel gelagert wurden, dann waren sie am Ziel. Unten im Brunnen toste das Wasser.

»Warum macht das Wasser einen solchen Lärm?«, fragte Alak.

»Das ist Wasser aus einer Quelle, die unter dem Schloss entlangläuft«, erklärte Arul.

Ilke beugte sich über den Brunnenrand. »Ich sehe gar nichts«, sagte sie und zuckte mit den Schultern. »Aber vielleicht sehen wir besser, wenn wir runterklettern?«

»Da gibt es nichts Spannendes zu sehen. Außerdem könntet ihr stecken bleiben«, sagte Arul und schaute sie streng an. Er wusste, was Ilke im Sinn hatte.

Ilke lächelte Alak an und zwinkerte ihm zu. Er schüttelte den Kopf, doch sie tat so, als habe sie es nicht bemerkt. Alak fühlte sich hilflos. Hatte sie sich wirklich vorgenommen runterzuklettern, obwohl Arul gesagt hatte, dass es gefährlich sein könnte? Er konnte einfach nicht begreifen, dass Ilke ständig solch idiotische Sachen machen musste.

Als sie mit ihren Eimern wieder die Treppe hinaufgingen, stieß sie ihn an.

»Wir klettern später den Brunnen hinunter«, flüsterte sie, so dass der Winterbär sie nicht hören konnte.

Alak sagte nichts, er wusste, dass sie es in jedem Fall tun würde. Am besten, ich gehe mit, dann kann ich wenigstens auf sie aufpassen, dachte er.

Ilke konnte nur noch an den tiefen Brunnen denken, deshalb war sie auch unaufmerksam, als Scha-Ra die Elfenkinder in Meilenschrift unterrichtete.

»Das ist dein Buchstabe«, sagte der Zauberer tadelnd zu Ilke.

Sie schreckte zusammen.

Scha-Ra zeichnete vier merkwürdige Füße.

»Das ist ein **I**, es steht für Schnelligkeit. Seht ihr, dass das wie ein Pfeil aussieht?«

Sie nickten und Ilke verschwand wieder in ihren Tagträumen.

»Haben alle Buchstaben eine Bedeutung?«, fragte Alak.

Scha-Ra nickte und schrieb seinen Namen an die Tafel.

»Der erste Buchstabe, **A**, bedeutet ›Geduld‹. Das ist ein ruhender Ochse.«

»Ich finde, das sieht aus wie ein Frosch«, sagte Alak.

»Vielleicht«, sagte Scha-Ra und schaute noch mal genau hin. »Das ist ein merkwürdiger Buchstabe. Alle Buchstaben im Meilenalphabet leiten sich ab von einfachen Zeichnungen, die die Leute benutzten, um Dinge zu beschreiben. Wenn sie ›geduldig‹ schreiben wollten, zeichneten sie einen ruhenden Ochsen. Sie nannten die Zeichnungen *Pantolyphen*.

»Was bedeuten denn die anderen Buchstaben meines Namens?«, wollte Alak wissen.

»**L** ist der, der reist. **A** kennen wir schon. **K** bedeutet ›kommen‹. **K** kann auch ›Zeit‹ bedeuten und steht für ›zwölf Uhr‹«.

»Dann bedeutet mein Name: Der, der um zwölf Uhr geduldig reist.« Alak runzelte die Stirn. »Das hört sich nicht nach mir an.«

Scha-Ra lachte. »Nein, das ist wahr. Wenn du größer bist, kannst du einen eigenen Namen bekommen, der dich besser beschreibt. Die Meilenschrift hat 108 Zeichen, die jeweils verschiedene Bedeutungen besitzen. Selbst ein einzelnes Zeichen kann viele verschiedene Dinge bedeuten; in der Regel hat es eine festgesetzte Bedeutung und dann noch eine beschreibende. Deshalb setzen wir es in Rahmen.« Scha-Ra schrieb zwei Zeichen und rahmte sie ein. »Diese beiden Zeichen, **L** und **K**, sind in einen beschreibenden Rahmen gesetzt und bedeuten zusammen ›ein Reisender, der kommt‹. Wenn wir das Zeichen **A** in einem festgesetzten Rahmen schreiben, was bedeutet es dann?«

Alak meldete sich und schnippte eifrig mit den Fingern. Scha-Ra lächelte und nickte, zum Zeichen, dass der Junge antworten solle.

»In dem einen Rahmen steht, was jemand macht oder ist, und in dem anderen Rahmen, wer was macht. Der Reisende, der kommt, ist ein Ochse.«

»Sehr gut, Alak, sehr gut«, lobte Scha-Ra.

»Warum müssen wir die Meilenschrift lernen, wenn wir normalerweise mit den gewöhnlichen Buchstaben schreiben?«, fragte Ilke.

»Die semantischen Buchstaben werden auf ganz andere Art geschrieben und gelesen«, erklärte Scha-Ra. Er schrieb »Alak« an die Tafel. »Sie haben allein keine Bedeutung; erst wenn sie zu Wörtern zusammengesetzt werden, bedeuten sie etwas. Die alten Schriften und Prophezeiungen sind zum Teil in Meilenschrift geschrieben, um einen Teil der Bedeutung zu verbergen. Deshalb sollt ihr die Schrift lernen.

Verwendet ruhig weiter die semantischen Buchstaben, wenn ihr normal schreibt. Wollt ihr aber ein altes Buch deuten oder etwas schreiben, das geheim bleiben soll, dann solltet ihr die Meilenschrift können.«

Als der Unterricht zu Ende war, erhoben sich Alak und Ilke und verneigten sich höflich.

»Wir gehen in unser Zimmer und üben Meilenschrift«, sagte Ilke, ohne mit der Wimper zu zucken und lammfromm.

Alak ärgerte sich, dass Ilke lügen konnte ohne die geringsten Gewissensbisse.

Scha-Ra entließ sie mit einem Lächeln, und Alak folgte Ilke unwillig in den Keller. Sie schauten über die Brunnenkante. In der Tiefe hörten sie das Wasser tosen.

»Das geht ja ganz schön tief nach unten«, sagte Alak vorsichtig.

Ilke nickte. »Wir brauchen ein Seil.«

Sie fand eines im Abstellraum, wo Scha-Ra den Winter über die Gartengeräte verstaut hatte, und band es an einem Vorsprung der Brunnenkante fest. Das andere Seilende ließ sie in den Brunnen gleiten. Sie schauten dem Seil hinterher, das im Dunkeln verschwand.

Alak sah Ilke unsicher an und sie lächelte beruhigend. Sah sie denn nicht, dass es dort unten stockdunkel war? Er wusste, wenn er sie nicht begleiten würde, würde sie allein hinuntersteigen. Und er würde es sich nie verzeihen können, wenn ihr dann etwas zustieß.

»Wir brauchen Licht«, sagte sie und nahm eine Fackel von der Wand.

»Willst du das wirklich machen?«, fragte Alak skeptisch.

Ilke schaute ihn ungeduldig an. »Geh du ruhig! Ich mach das allein. Aber wenn ich da unten etwas finde, gehört es nur mir.«

»Was glaubst du denn, was es dort zu finden gibt?«, fragte er kraftlos.

»Wer weiß, vielleicht einen Schatz oder …« Sie überlegte, dann schaute sie ihn listig von der Seite an. »Vielleicht ein Abenteuer«, flüsterte sie verschwörerisch.

Alak lächelte. Er konnte sie einfach nicht im Stich lassen. Sie würde sonst nur Scherereien bekommen.

»Wer klettert zuerst? Du oder ich?«, fragte Ilke und lächelte.

»Am besten ich«, sagte Alak und band sich das Seil um den Körper.

Ilke reichte ihm die Fackel und seilte ihn vorsichtig ab.

Er bereute sofort, dass er sich auf die ganze Sache eingelassen hatte, denn im Brunnenschacht war es eiskalt und das Geräusch des Wassers ohrenbetäubend.

»Kannst du etwas erkennen?«, rief Ilke.

Alak hielt die Fackel hoch. Während er sich umschaute, vermischte sich das zischende Geräusch der Fackel mit dem Tosen des Wassers. Er konnte kaum glauben, was er sah: Er hing in der Luft, in einer riesigen Grotte. Unter ihm strömte das Wasser durch einen Kanal. Knapp über der Wasseroberfläche war ein breiter Absatz aus dem Felsen gemeißelt, der wie ein Pfad um die ganze Höhle herumführte. Alak schaute den Brunnenschacht hoch. Das Fackellicht blendete, so dass er nicht ausmachen konnte, ob Ilke am Brunnenrand stand oder nicht. Er schaute wieder hinunter: Es waren mindestens zwanzig Meter von dort oben bis zur Wasseroberfläche, und die einzige Möglichkeit, zu dem gemeißelten Pfad zu gelangen, war, den Felsen entlangzuklettern. Wie sollte er das nur schaffen, fragte er sich ratlos. Dann hatte er eine Idee: Alak begann, wie ein Pendel hin- und herzuschwingen, immer heftiger und weiter. Zum Schluss war er so dicht an die Felswand gelangt, dass er sie berühren konnte. Er holte ein letztes Mal Schwung und griff mit der freien Hand in eine Vertiefung im Stein. Mit aller Kraft krallte Alak sich dann an seinen Halt. Die Felswand war kalt und seine Finger wurden steif, doch er verkniff sich den Schmerz und versuchte, noch einen Halt für seine Füße zu finden. Promt bohrte sich ein scharfer Stein durch seinen Schuh hindurch in seinen Fuß. Am liebsten hätte er sich jetzt von Ilke hochziehen lassen. Aber von seiner Position an der Felswand konnte er nicht in den Brunnenschacht schauen. Außerdem: Wenn er jetzt aufgab, würde Ilke ihn den Rest seines Lebens damit aufziehen.

Alak schaute unbehaglich auf den Felsabsatz, entschied sich dann jedoch, vorsichtig weiterzuklettern. Die Fackel warf er auf den Pfad. Zischend landete sie auf der Absatzkante. Er atmete ein paarmal tief durch und begann dann den gefährlichen Abstieg. Die letzten Meter musste er springen. Er landete unsanft auf der Schulter und lag eine Weile still da, bevor er wieder zu Atem kam. Schließlich stand er seufzend auf und befestigte das Seil an einer Felsnase. Er zog kräftig daran, um Ilke ein Zeichen zu geben, dass sie runterkommen konnte. Sie rutschte sofort los.

»Das sieht so aus, als ob schon mal jemand hier gewesen ist«, sagte Ilke, nachdem sie sich beeindruckt umgeschaut hatte.

Alak nickte. »Dort geht es weiter.« Er zeigte auf eine ovale Öffnung, durch die das Wasser verschwand.

»Komm schon! Worauf warten wir?«, rief Ilke begeistert und voller Tatendrang. Das Echo ihrer Stimme wurde in der Grotte hin und her geworfen.

»Vielleicht ist es besser, wenn wir nicht so laut sind«, warnte Alak.

Er ging als Erster in den Tunnel hinein und hielt die Fackel über dem Kopf. Das Wasser jagte mit gewaltiger Geschwindigkeit an ihnen vorbei, und je tiefer sie in den Gang eindrangen, desto kälter wurde es. Das Wasser verschwand in einer Felsspalte, doch die Kinder gingen mutig weiter, bis der Pfad in eine andere Grotte mündete. Auch hier hingen Fackeln an den Wänden. Sie sahen jedoch aus, als ob sie schon seit Jahrzehnten nicht mehr gebrannt hätten. Als Alak seine Fackel gegen eine von ihnen hielt, um sie zu entzünden, zischten Spinnweben und Staub wirbelte auf. Im Licht sahen die Zwillinge, dass sie in einem großen Raum standen.

»Was ist das hier?«, fragte Ilke und schnappte nach Luft. »Da muss jemand viel Zeit gehabt haben, um das zu machen.«

Die Wand, auf die Ilke deutete, war bedeckt

mit Meilenschrift und einfachen Zeichnungen, die eingeritzt und mit einer Farbe ausgemalt waren, die das Licht reflektierte.

Alak sah sich die Wand genauer an.

»Hier könnte eine Tür gewesen sein.«

Eine Vertiefung bezeichnete den Umriss einer großen Tür, die etwa drei Meter hoch war und sich wie ein Portal in der Mitte teilte. Es sah aus, als ob sie zugemauert worden war. Auf jeder Seite des Portals gab es zwei Löcher. Ilke steckte die Hand in eines der Löcher.

»Vielleicht ist es eine Art Verriegelung«, sagte sie.

»Hier steht etwas«, sagte Alak und betrachtete angestrengt die Meilenschrift, die über den Löchern stand.

»Das auf der anderen Seite könnte eine Art Schlüssel sein«, rief Ilke aufgeregt. »Im Loch steckt eine Eisenstange.«

»Sei vorsichtig!«, rief Alak. »Wir verstehen die Schrift nicht, das kann gefährlich sein.«

Ilke winkte ab. »Du denkst doch immer, dass alles gefährlich ist.«

»Ich weiß nur gern, worauf ich mich einlasse«, antwortete Alak gereizt.

»Die Stange sitzt fest«, sagte Ilke. Sie steckte die andere Hand in das zweite Loch und zerrte und zog, so fest sie konnte, doch nichts geschah. »Versuch mal, ob du auf der anderen Seite etwas zu fassen kriegst, vielleicht müssen wir zusammen ziehen.«

Alak fühlte sich unbehaglich, machte aber, was Ilke gesagt hatte und dann passierte es: Ein metallischer Ton hallte durch die Höhle, und sie spürten, wie sich etwas eng um ihre Handgelenke legte.

»Das ist eiskalt!«, rief Alak und wollte seine Arme zurückziehen; die aber saßen fest.

»Das konnte ich doch nicht wissen«, lächelte Ilke entschuldigend. »Ich fand es gar nicht so kalt.«

»Ich komm nicht los«, jammerte Alak.

Ilke hörte auf zu lächeln, denn auch sie bekam ihre Arme nicht frei. Sie mussten einen Mechanismus ausgelöst haben, der ihre Handgelenke an die Stangen kettete.

Die Kinder versuchten fieberhaft, die Meilenschrift zu deuten. Das erste Wort bestand nur aus drei Zeichen.

»Der letzte Buchstabe ist ein A«, sagte Ilke. »Erinnerst du dich? Scha-Ra hat heute darüber gesprochen.«

»A bedeutet ›geduldig‹«, sagte Alak.

»Zieh!«, rief Ilke. »Versuch die Füße gegen die Wand zu stemmen und dich mit aller Kraft abzustoßen«, sagte Ilke. »Lass es uns versuchen; das kann ja nichts schaden.«

Alak stemmte die Füße gegen die Wand und wartete, bis auch Ilke so weit war.

»Also los!«, knurrte Alak mit zusammengebissenen Zähnen und warf sich mit seinem ganzen Gewicht nach hinten. Er spürte einen Geschmack von Blut im Mund, und seine Arme taten ihm weh. Dann hörte man es leise klicken. Die Stangen bewegten sich, die Zwillinge wurden zur Tür in der Wand gezogen.

»Stop!«, rief Alak. »Das geht nicht.«

Ilke begann zu weinen. »Das tut weh! Ich kann nicht mehr«, klagte sie. Alak sah, dass ihre Beine zitterten.

»Gib jetzt nicht auf, sonst brechen wir uns die Arme«, sagte er und versuchte energisch zu wirken. Er betrachtet wieder die Meilenzeichen. »Wie dumm von mir«, sagte er dann. »Das dort ist kein R, das ist ein L.«

Ilke schaute ihn an. »M«, sagte sie. »Das erste Zeichen ist ein M. Das bedeutet ›Geheimnis‹.«

Alak lächelte. Manchmal schien es, als ob sie in Scha-Ras Stunden nicht aufpasste, doch sie überraschte ihn immer wieder. Er schaute sich die Zeichen noch einmal an: M, verschlossenes Geheimnis, L. Er versuchte sich zu konzentrieren, doch der Schmerz in den Armen erschwerte das Denken. »Heben«, rief er plötzlich. »Die Botschaft lautet: ›Verschlossenes Geheimnis hebt sich geduldig.‹«

»Sehr hübsch!«, entgegnete Ilke spöttisch. »Und was bringt uns das? Was bedeutet das nächste Zeichen?«

Alak schloss die Augen und dachte nach. Scha-Ra hatte ihnen die ersten dreißig Zeichen der Meilenschrift beigebracht; und dieses Zeichen hatte er schon einmal gesehen.

»P, nicht D«, sagte er schließlich. »P bedeutet ›falsch‹ und … ›lügnerisch‹.«

»Na toll. Bedeutet das, dass wir nicht darauf vertrauen können, was da steht?« Ilke begann leise zu weinen.

»Das steht in einem Bedeutungsrahmen«, antwortete Alak. »Das ist ein Zeitzeichen. Erinnerst du dich, dass Scha-Ra von der Uhr erzählte?«

»Halb fünf?«, fragte Ilke und sah ihn verwirrt an.

Alak wurde plötzlich ganz hektisch. »Dreh die Stangen nach rechts!«

Ilke verstand gar nichts.

»Mach schon, dreh sie nach rechts. Verschlossenes Geheimnis hebt sich geduldig halb fünf. Komm schon!«

Plötzlich verstand Ilke und drehte mit aller Kraft. Zuerst geschah rein gar nichts, doch dann hörten sie ein leises Klicken und die Stangen bewegten sich. Mauerputz rieselte von der Wand und die Türflügel glitten auf. Es hallte in der ganzen Grotte wider, als die Türen weit offen zum Halten kamen. Mit einem Klicken öffneten sich die Riegel um ihre Handgelenke, und Alak und Ilke fielen zu Boden.

»Hast du dir wehgetan …«, fragte Ilke flüsternd.

Alak schüttelte den Kopf und stand auf. »Nicht sehr«, sagte er und rieb sich seine wunde Schulter.

Hinter der Tür befand sich ein großer Saal mit einer Glaskuppel; an den Wänden hingen Gemälde.

»Was ist das?«, flüsterte Ilke verwundert und sah sich ehrfürchtig um.

Alak zuckte ratlos mit den Schultern und ging vorsichtig hinein. Die Luft drinnen war trocken und kalt.

»Hier ist schon lange keiner mehr gewesen«, sagte Ilke und strich mit dem Finger über die staubige Armlehne eines Stuhls, der vor einem riesigen Tisch mit vier Vertiefungen in der Tischplatte stand. Eine davon verlief genau in der Mitte. Der gesamte Tisch war mit Symbolen in kräftigen Farben verziert.

»Was, glaubst du, ist das?«, fragte Alak.

»Das sieht aus, als ob man da was reinlegen kann«, sagte Ilke und strich mit der Hand über den Tisch, zog sie jedoch schnell wieder zurück. »Das fühlt sich eigenartig an.« Sie spürte ein merkwürdiges Ziehen in der Hand. »Es könnte eine Art Magnet sein.«

»Pst! Hörst du den Wind?«, fragte Alak.

Das Geräusch schien von einer Tür herzukommen, die sich hinter zwei goldenen Thronstühlen verborgen im hinteren Teil des Raumes befand. Alak und Ilke gingen näher.

»Sollen wir die Tür öffnen?«, fragte sie.

Alak schüttelte den Kopf. »Auf keinen Fall! Da steht etwas auf dem Türstock, was wir nicht entziffern können.«

»*Das* ist ein I«, sagte Ilke und zeigte auf einen der eingeritzten Buchstaben. »Schnell … oder so was.«

»Schneller Tod zum Beispiel. Es bringt gar nichts, wenn du nur einen Buchstaben wiedererkennst. Wir machen sie nicht auf.« Alak legte das Ohr an die Tür und plötzlich wurde das Geräusch schwächer. Allerdings nur für einen Augenblick – dann setzte es mit unverminderter Kraft und so laut wieder ein, dass

Alak zurückzuckte. Erschrocken schaute er Ilke an; auch sie hatte es gehört.

»Wir müssen Scha-Ra und Arul davon erzählen«, sagte Alak.

Diesmal war Ilke sofort einverstanden. Selbst ihr schien mittlerweile die Lust auf dieses Abenteuer vergangen zu sein. Eilig liefen die Zwillinge zum Brunnen zurück und kletterten das Seil hinauf zur Oberfläche.

# Tarkans Thronsaal

Scha-Ra saß in der Bibliothek und las, als Alak und Ilke keuchend ins Zimmer gestürzt kamen. Sie redeten durcheinander und versuchten beide gleichzeitig, von ihren Erlebnissen zu berichten.

Der Zauberer sah sie mit großen Augen an. »Ihr müsst mir dieses merkwürdige Gewölbe zeigen«, sagte er dann und stand auf.

Zusammen gingen sie in den Keller zum Brunnen.

»Seid ihr etwa hier runtergeklettert?«, fragte Sha-Ra ungläubig und zog an dem Seil.

Alak und Ilke nickten eifrig.

Scha-Ra hörte das Wasser brausen. »Es muss noch einen anderen Eingang zu dem Gewölbe geben«, überlegte er und blickte konzentiert in die Tiefen des Brunnens. »In welche Richtung seid ihr dort unten gegangen?«

Alak und Ilke sahen einander an.

»Seid ihr in diese Richtung oder andersherum gegangen?« Scha-Ra zeigte zuerst nach Norden, dann nach Süden.

»Irgendwie dazwischen«, antwortete Alak.

»Nach Westen also«, murmelte Scha-Ra.

»Das kann stimmen. Dort liegt eine Turmruine. Als ich hierherkam, war das meiste zerstört«, erklärte er. »Aber als Tarkan hier lebte, gab es viele Gebäude und Wachtürme. Und das ganze Gebiet, fast bis hinunter zum Merihba-See, war von einer hohen Mauer umgeben. Die Mauer hat Weha abreißen lassen. Ich frage mich, ob sich in einem der Türme ein weiterer Zugang zu dem Gewölbe verbirgt.«

»Wir können ja nachsehen, oder?«, fragte Ilke. Sie war ganz zappelig vor Aufregung.

»Das wäre schon interessant, mit eigenen Augen zu sehen, was sich dort unten verbirgt«, sagte Scha-Ra. »Aber ich glaube, Alak braucht erst mal Hilfe.«

Alak sah ihn fragend an.

Der Zauberer zeigte auf einige Blutflecke. Alak hatte ganz vergessen, dass er sich beim Herunterklettern den Fuß aufgerissen hatte.

»Zieh den Schuh aus«, sagte Scha-Ra, »dann werden wir uns die Sache mal anschauen.«

Er untersuchte die Wunde gründlich. »Es ist nicht schlimm«, sagte er. »Es ist nur eine Schramme. Ich hole etwas, um den Fuß zu verbinden, dann gehst du nach oben und ziehst dir ein paar andere Schuhe an. Und warme Sachen! Das gilt auch für dich, Ilke.«

Ilke lief die Treppe hoch.

»Ich brauche dir wohl nicht zu erzählen, dass das, was ihr gemacht habt, gefährlich war?«, sagte der Zauberer zu Alak, als sie allein waren.

Der schüttelte den Kopf und sah zu Boden.

»Aber es ist gut, dass du auf deine Schwester aufpasst«, lobte Scha-Ra und klopfte Alak auf die Schulter. »So, und nun schauen wir uns genauer an, was ihr entdeckt habt.«

Alak lief die Treppe hoch und war erleichtert, dass Scha-Ra nicht furchtbar wütend geworden war, weil sie etwas so Dummes angestellt hatten.

Während sie sich umzogen, erzählte Ilke Arul von der geheimnisvollen Grotte und wie sie die Meilenzeichen gedeutet hatten, um sich befreien zu können. Arul wusste nicht, ob er ihr Abenteuer fantastisch oder gefährlich oder einfach nur idiotisch finden sollte.

»Wir gehen den anderen Eingang suchen«, sagte Scha-Ra zu Ilke, als sie wieder zu ihnen stieß, und öffnete beherzt das laut knarrende Schlosstor.

Nachdem sie ein paar Minuten in Richtung Merihba-See, also nach Nordwesten, gegangen waren, blieb Scha-Ra bei einigen Ruinen stehen. Hohe Bäume verdeckten die Reste eines Turms, und zwischen den Steinen standen Büsche.

Er bog Zweige und Büsche zur Seite, um den Eingang zu suchen. Und tatsächlich: Hinter ein paar übereinandergestürzten Steinblöcken spürte er einen Windzug.

»Arul, kannst du mir helfen?«, fragte Scha-Ra und zeigte ihm die Steine, die weggeräumt werden mussten.

Der Winterbär packte kräftig zu und wälzte sie eifrig zur Seite. Ein Eingang kam zum Vorschein. Sie schlüpften hindurch und schauten sich neugierig um. Als sich ihre Augen an die Dunkelheit gewöhnt hatten, sahen sie, dass sie sich in einem kleinen Raum. Am anderen Ende befand sich eine Tür, die teilweise von Steinen und Erde verdeckt wurde.

»Merkwürdig, dass ich das noch nicht früher entdeckt habe«, sagte Scha-Ra und ging zu der Tür, um die Meilenschrift zu lesen, die in das Holz eingekerbt war.

»Nein, es ist doch nicht so merkwürdig«, murmelte er und las laut vor: »›Diese Tür soll versiegelt und verborgen sein – solange, bis die Auserwählten kommen ‹«

Scha-Ra strich mit den Fingern über die Zeichen und zögerte einen Augenblick. Dann drückte er entschlossen die Klinke herunter und die vier sahen eine Treppe, die nach unten führte. Scha-Ra zauberte eine Feuerkugel herbei und ließ sie über seinem Kopf schweben. Nun sahen sie, wie eng und voller Spinnweben die Treppe war. Die hatte seit Langem niemand mehr benutzt, abgesehen von den Ratten, die über den Boden flitzten. Es roch muffig und feucht. Vorsichtig gingen sie hinunter, bis sie am Fuß der Treppe in einem kleinen Gang und vor einer weiteren Tür standen. Scha-Ra öffnete auch diese. Sie hörten das Tosen des unterirdischen Flusses.

»Fantastisch!«, rief Scha-Ra aus.

»Ist das das Wasser in unserem Brunnen?«, fragte Arul ungläubig. »Ein ganzer Fluss?«

Sie gingen weiter und blieben vor der offenen Tür in der großen Höhle stehen.

Scha-Ra ging als Erster hinein, gefolgt von den anderen.

»Was haben wir hier gefunden?«, fragte Ilke eifrig.

»Das ist Tarkans Thronsaal. Die Malereien an den Wänden sind in der alten Schriftsprache geschrieben, von der ich euch erzählt habe, in Pantolyphen. Sie berichten von der Zeit, als Weha Tarkan die Verantwortung für die Welt übergab.«

Scha-Ra ging in den Raum hinein, während

er den farbenprächtigen Malereien folgte. Er wandte sich zu den goldenen Thronen.

»Hier saß Tarkan«, sagte er, »und diesen Thron ließ er für seine Frau anfertigen.«

»An der Tür und auf dem Tisch steht aber etwas in Meilenschrift«, sagte Alak.

Scha-Ra beugte sich über den Tisch. Alak konnte erkennen, dass der Zauberer versuchte, ruhig und gelassen zu wirken, dass seine Augen jedoch einen wunderlichen Glanz bekamen, während er die Inschrift las.

»›Hier sollen die vier Elemente gesammelt werden, um die vier Winde zu entfesseln. Und in der Mitte soll das Schwert Kheiko stecken. Nachdem die vier Winde entfesselt sind, können nur die Auserwählten, die das Schwert tragen sollen, es aus dem Tisch herausziehen.‹«

»Wer sind die Auserwählten?«, fragte Ilke.

Scha-Ra sah die beiden feierlich an. »Ihr«, sagte er ruhig.

Es wurde ganz still im Raum, niemand sagte ein Wort. Der Zauberer ging zur Tür und las, was auf dem Türstock geschrieben stand. »Hierhinter sind die vier Winde eingeschlossen.« Er legte sein Ohr an die Tür und hörte, wie es dort drinnen toste.

Arul legte sofort die Ohren an und schaute

nervös um sich, während Alak an die Seite des alten Zauberers trat. »Was meinst du damit, wir seien die Auserwählten?«

»Leg deine Hand auf die Tür«, sagte Scha-Ra nur.

Alak tat, wie ihm geheißen, und sofort hörte der Wind auf zu wehen und es wurde still im Raum.

»Es scheint, dass der Wind dich erkennt«, sagte Scha-Ra.

»So antworte doch!«, unterbrach Ilke ihn verwirrt. »Was meinst du damit, wir seien die Auserwählten?«

»Immer mit der Ruhe!«, beschwichtigte sie Sha-Ra, wurde aber sofort wieder ernst. »Die Zeichen deuten darauf hin, dass die Zeit reif ist und ich euch von den Prophezeiungen aus dem Buch *Phenomena* berichte.« Der alte Zauberer ging zum goldenen Thron und nahm Platz.

Auch die anderen drei setzten und lauschten der Erzählung Scha-Ras.

»Alles begann, als das Land Aldra begründet wurde. Über mehrere Jahrhunderte wurde es von einem bösen Herrscher aus dem Norden regiert. Dann erschien Weha. Weha war ein König, der mächtige Zauberkräfte besaß und die Völker von Aldra von dem bösen und rücksichtslosen Herrscher befreien wollte. Nach einem Krieg, der viele Jahre dauerte, gelang es ihm, den Herrscher aus dem Norden über das hohe Elhajim-Gebirge zurückzudrängen. Damit konnten die Leute in Aldra endlich wieder in Frieden leben. Es kamen auch viele Flüchtlinge und ließen sich hier nieder. König Weha übergab seinem Adoptivsohn Tarkan die Verantwortung, dafür zu sorgen, dass es allen gut ging und sie miteinander leben konnten. Er selbst hütete die Grenze zu den Königreichen im Norden. Während Weha fort war, passierte jedoch etwas Unerwartetes: Tarkan verliebte sich in eine Frau. Er gab ihr alles, worum sie bat, und baute sogar eine von dicken Mauern umgebene Stadt für sie. Die Leute in Aldra mussten Lebensmittel, Gold und Edelsteine abliefern, um Tarkans Wohlstand zu sichern. Und unmerklich veränderte sich alles in Aldra. Tarkan wurde von einem fürsorglichen Helfer zu einem grausamen, herzlosen Tyrannen, der an niemand anderen dachte als an sich selbst und die Frau, die er liebte. Dann wurde das Land von einer Hungersnot heimgesucht …«

»Weil Tarkan und seine Frau so viel aßen«, flüsterte Ilke.

Alak schaute sie verärgert an, weil sie den

alten Zauberer mitten in seiner Erzählung unterbrochen hatte.

»Nein, du vorlautes Elfenmädchen, weil eine Trockenheit kam, die sieben Jahre währte«, sagte Sha-Ra und fuhr fort: »Obwohl die Leute hungerten und viele starben, verlangte Tarkan, dass sie ihm weiterhin Abgaben leisteten. Seine Frau, die fürchtete, dass die Leute rebellieren würden, jagte alle ihre Diener aus der Stadt und verlangte neue. Diese sollten allerdings ausschließlich Kinder sein, die jünger als zehn Jahre waren. Und so ritten Tarkans Getreue durchs Land und raubten die Kinder, die zum Dienst gebraucht wurden. Es waren fast alle Kinder des Landes.

Als Weha eines Tages nach Aldra zurückkehrte, sah er die Verzweiflung und Sorge der Leute. Er machte sich sofort auf den Weg zu Tarkan und ließ die Stadt mitsamt der Mauer niederreißen. Tarkan selbst wurde aus dem Land gejagt und flüchtete in das im Norden gelegene Königreich. Der dortige böse Herrscher nahm ihn freudig auf, und Weha beschloss, dass die Leute von da an selbst über ihr Schicksal entscheiden sollten.«

»Was geschah mit der Frau?«, fragte Ilke.

»Weha machte sie halb unsichtbar, damit sie Vorsicht lernte und Verwundbarkeit spürte. Dann wies er sie an, den Himmelsmonolithen im Akéres-Tal nördlich des Hebal-Gebirges zu bauen. Dort wurde sie die Mutter des Azul-Volkes und der vier Himmelsfürsten.«

»Vom Frostfürst Hisch also?«, fragte Arul.

»Ja. Und von seinen Brüdern: Vom Herbstfürst Gruhl, dem Sommerfürst Zuhl und dem Frühlingsfürst Schahm.«

»Weha wählte ein Volk aus dem Süden des Landes, das er zu Wächtern des gesamten Königreichs bestellte. Dieses Volk waren die Wanderer. Er gab ihnen mächtige Zauberkräfte …« Scha-Ra machte mit der Hand eine ausladende Bewegung in der Luft, und Tausende von glitzernden Sternchen fielen auf sie herunter. Ilke kicherte.

»Die Wanderer konnten in die Zukunft blicken und auf sie achtgeben …«

»Wie können sie auf die Zukunft achtgeben?«, unterbrach Alak ihn neugierig.

»Indem sie Einzelnen helfen, das zu tun, wofür sie bestimmt sind.«

»Was aber geschah mit Tarkan?«, fragte Alak weiter.

»Tarkan lebte tausend Jahre, ohne Kontakt zu Aldra und der Frau zu haben, die er so sehr geliebt hatte. Am Ende war er alt und verbittert, aber er starb nicht; von dem Zauberer im

Norden hatte er nämlich das ewige Leben erhalten. Nach jenen tausend Jahren kam er jedoch mit einem großen Heer nach Aldra zurück. Der Zauberer Azhel rettete Aldra, indem er Tarkan durch einen Zauber im Fluss Monaga ertränkte. Es stellte sich heraus, dass sein Körper sterblich war, doch nicht seine Gedanken. Die waren genauso böse und verbittert, wie es Tarkan selbst gewesen war. Sein böser Gedanke flog umher auf der Suche nach jemandem, den er in Besitz nehmen konnte. Und er fand ihn, denn er findet immer denjenigen, nach dem er sucht: eine Person, die sich Macht ohne Liebe wünscht, die gierig und erbarmungslos ist.«

»Wow!«, entfuhr es Alak. »Das ist echt spannend.«

Sha-Ra nickte. »Doch zurück zu den Zauberern und Wanderern. In dem großen Buch, das ich oben in meiner Bibliothek habe, sind alle diese Prophezeiungen aufgelistet. Und dort steht auch die Prophezeiung von den beiden Elfen, die ihr Volk von den Murtokks befreien und die Tarkan bekämpfen werden.«

»Ich glaube, ich versteh nicht ganz«, sagte Alak unsicher, und Ilke schaute Scha-Ra mit offenem Mund an.

»Die Elfen sind die Auserwählten«, erklärte

der Zauberer geduldig. »Ihr seid die Auserwählten. Tarkan möchte verhindern, dass die Prophezeiung in Erfüllung geht, und deshalb wird er versuchen, euch und diejenigen, die euch beistehen, aufzuhalten.«

Ilke stand auf. »Da mache ich nicht mit, du musst dir jemand anderen suchen.«

»*Ich* kann das nicht«, sagte Scha-Ra und erhob sich ebenfalls. »Ich habe euch nicht gefunden, sondern die Prophezeiung.«

»Aber wieso konnte Weha nicht einfach Tarkan auslöschen?«, fragte Ilke.

»Weha kann den Gedanken nicht auslöschen, sonst hätten wir nicht mehr die Freiheit zu wählen. Wir selbst müssen den bösen Gedanken auslöschen. Er existiert nur so lange, wie jemand ihn denken möchte.«

Scha-Ra setzte sich wieder und fuhr fort: »Da gibt es *noch* ein paar Dinge, die ich euch erzählen möchte.«

Scha-Ra erzählte von ihren Eltern, die vor den Murtokks geflüchtet waren, von den Elfen, die versklavt wurden, und davon, wie die Murtokks sie behandelten. Vom Frostfürsten Hisch, der sie auf der weiten Ebene rauben wollte, und von Arul, der hinzusprang und sie rettete. Alak und Ilke lauschten, während Scha-Ra Bilder in die Luft zeichnete, so dass sie das Gehörte besser verstehen konnten. Sie konnten den Schnee und den Wind spüren und den Frostfürsten hören, als dieser versuchte, Harti und Kiri von Arul herunterzureißen.

»Wären wir jetzt tot, wenn unsere Eltern nicht mit uns geflüchtet wären?«, flüsterte Ilke und spürte, dass ihr die Tränen kamen.

»Ich weiß es nicht«, sagte Scha-Ra und drückte sie an sich. »Eure Eltern waren sehr mutig, als sie in jener Nacht mit euch zu mir kamen. Sie haben euch sehr lieb.«

Alak starrte vor sich hin und sagte schließlich: »Ich habe nie darüber nachgedacht, warum deine Haut so hellblau ist. Ich dachte immer, das müsste eben so sein.« Über Eltern zu sprechen, die er nie gesehen hatte, konnte er nicht.

Ilke blickte an sich herunter. »Ich habe mir noch nie überlegt, dass wir einen Vater und eine Mutter haben. Wenn wir die Prophezeiung erfüllen und die Elfen befreien … sehen wir dann unsere Eltern wieder?«

Scha-Ra sah die Zwillinge liebevoll an und lächelte vorsichtig.

»Darauf weiß ich keine Antwort«, sagte er. »Aber ich hoffe, ihr versteht, dass es viele gibt, die nicht wollen, dass die Prophezeiung in Erfüllung geht. Deshalb ist es sehr wichtig, dass ihr nicht zu erkennen gebt oder jemandem erzählt, dass ihr die Auserwählten seid. Und es ist wichtig, dass du, Ilke, die besonderen Fähigkeiten, die du besitzt, niemals zeigst. Wenn die Zeit reif ist, werden wir zur Küste reisen und dort leben, bis Tarkan sich zu erkennen gibt. Wenn er das tut, beginnt die nächste Phase auf dem Weg zur Erfüllung der Prophezeiung.«

Die Kinder saßen sprachlos da und sahen ihren Lehrer an.

»Ich glaube, wir gehen nach oben, bevor wir uns noch eine Erkältung holen«, sagte Scha-Ra, um die Stimmung ein wenig aufzulockern. Die Zwillinge nickten, und gemeinsam verließen sie den Thronsaal und schlossen die schweren Türen.

»Solltest du ihnen nicht auch von der anderen Prophezeiung erzählen?«, flüsterte Arul Scha-Ra zu.

»Sie sollen auf keinen Fall erfahren, dass ihr Auftrag scheitern könnte. Ich möchte nicht einmal an die Möglichkeit denken, dass Tarkan im südlichen Königreich an die Macht kommt«, antwortete Scha-Ra ernst.

Ein Geräusch ließ ihn herumfahren. Es war Alak, der direkt hinter ihnen ging.

Arul sah Scha-Ra an, doch der Zauberer schüttelte den Kopf.

»Ich glaube nicht, dass er etwas gehört hat«, raunte er dem Bären zu.

»Was habe ich nicht gehört?«, fragte Alak.

»Manchmal sprechen Erwachsene über Dinge, die Kinder nicht hören sollen«, sagte Scha-Ra. »Darüber brauchst du dir keine Sorgen zu machen.«

Doch Alak *machte* sich bereits Sorgen, er hatte genug gehört, um zu verstehen, dass nicht alles so war, wie es sein sollte.

»Lauf und spiel mit deiner Schwester«, sagte Scha-Ra und strich Alak über den Kopf.

Als der Junge außer Sichtweite war, legte der Zauberer seine Hand auf Aruls Schulter. »Wir müssen sie beschützen – du und ich«, beschwor er den Winterbären.

Arul brummte unruhig, vertraute jedoch darauf, dass Scha-Ra wusste, was er tat. Er verstand, dass die einzige Möglichkeit, Tarkan aufzuhalten, darin bestand, den Elfenkindern bei der Erfüllung der Prophezeiung zu *helfen*.

An diesem Abend saßen Alak und Ilke vor dem Kamin und brieten Äpfel.

»Freust du dich?«, fragte Alak.

Ilke lachte laut auf. »Und wie ich mich freue!«, rief sie begeistert und strahlte ihren Bruder an. »Stell dir nur vor, wir könnten unsere Mutter und unseren Vater wiedersehen! Freust du dich über diese Aussicht etwa nicht?«

Alak zuckte mit den Schultern. »Ja, schon«, sagte er zögernd. »Aber ich fürchte mich davor, von hier wegzugehen.«

»Denk nur an all das, was wir dann erleben werden«, sagte sie.

»Glaubst du, wir schaffen es, die Auserwählten zu sein? Wir sind doch nur Kinder.«

»Klar schaffen wir das. Zusammen mit mir schaffst du alles!«, lachte Ilke und boxte Alak freundschaftlich gegen den Arm.

»Aua!«, sagte er und rieb sich die schmerzende Schulter, »das war der Arm, auf dem ich gelandet bin, als ich auf den Felsabsatz runtergesprungen bin.« Dann zeigte er in die Flammen. »Du verbrennst deinen Apfel.«

Ilke erschrak und zog ihn rasch aus dem Feuer. Der Apfel war tatsächlich schon kohlrabenschwarz und der Saft zischte heraus. Sie schaute Alak an und biss einen großen Happen von seinem Apfel ab. Ihr Bruder lächelte, und bevor sie reagieren konnte, hatte auch er einen großen Happen von ihrem Apfel abgebissen. Ilke seufzte glücklich, lehnte sich an ihn und legte ihren Kopf gegen seine gesunde Schulter. Und Alak fühlte sich plötzlich stark und mutig.

# Das Floß

Als der Sommer kam, erforschten Alak und Ilke die weitere Umgebung des Schlosses. Sie spielten am Merihba-See und versteckten sich im hohen Gras der Ebene. Sie fingen Libellen, hypnotisierten sie und ließen sie um die Wette fliegen. Im letzten Jahr hatte Arul ein Floß aus Baumstämmen mit einem imposanten Mast mit ihnen gebaut. Alak und Ilke hatten sich eigentlich vorgenommen, ein Segel zu nähen, aber Arul sah das nicht gern und fand, sie sollten sich in Ufernähe halten. Er ließ sie nie weit hinausfahren, ohne sie fest im Auge zu behalten. Die Gegend hier wimmelte nur so von Murtokks, und er hatte Angst, diese könnten auf die beiden stoßen.

Alak und Ilke sprachen oft von dem Brunnen und von Tarkans Thronsaal, doch Scha-Ra hatte ihnen verboten, noch einmal dort hinzugehen. Sie wollten nicht ungehorsam sein, aber so furchterregend der Ort war, so unglaublich spannend war er auch.

Eines Morgens baten sie Scha-Ra, allein zum Merihba-See gehen zu dürfen.

Er schaute sie überrascht an. »Ohne Arul?«

»Er schläft noch. Müssen wir wirklich auf ihn warten?«, fragte Alak.

»Bitte, Scha-Ra!«, bat Ilke.

Der Zauberer lachte und stellte das Frühstück auf den Tisch. »Erst essen«, sagte er.

»Heißt das, wir dürfen?«, fragte Alak.

Scha-Ra nickte. »Die Prophezeiung legt euch eine große Verantwortung auf, und es ist an der Zeit, dass ihr auch lernt, Verantwortung zu übernehmen.«

Ilke stieß Alak in die Seite und strahlte.

Eilig schlangen sie das Essen hinunter und stürmten dann jubelnd hinaus. Scha-Ra schaute ihnen lächelnd nach.

Alak und Ilke liefen durch das hohe Gras hinunter zum See. Die Sonne stand noch niedrig am Horizont und das Gras war nass vom Morgentau.

»Wer zuerst an der toten Eiche ist!«, rief Alak, der Ilke schon ein gutes Stück voraus war und sicher sein konnte, dass er gewann.

Im Endspurt warf er sich gegen die Eiche. Er rang nach Atem und drehte sich um, um nach Ilke zu sehen. Das Gras wiegte sich sanft im Wind, doch er konnte sie nirgends entdecken. Hatte sie sich versteckt? Typisch Ilke, sie wollte sich wohl an ihn heranschleichen und ihn erschrecken. Auf einmal spürte er einen kalten Luftzug und das Gefühl, als ob ihn jemand anstarrte, zwang ihn, sich umzudrehen. Oben auf dem Bergkamm sah er einen Ritter in einem schwarzen Umhang auf einem rabenschwarzen Pferd. Pferd und Reiter standen eine kleine Ewigkeit reglos da, dann wendete der Ritter abrupt sein Pferd und verschwand.

Plötzlich sprang ihn jemand schreiend von hinten an. Alak brüllte vor Schreck, fuhr zurück und fiel ins Gras. Panisch schlug er mit den Beinen aus, um den Angreifer abzuwehren.

»He, immer mit der Ruhe«, sagte Ilke. »Ich bin es doch nur.«

»Hast du den schwarzen Ritter gesehen?«, keuchte Alak und zeigte zum Bergkamm. Sein Herz schlug so wild, dass er kaum sprechen konnte.

Ilke schaute in die Richtung, in die ihr Bruder wies, und schüttelte den Kopf. »Nein«, sagte sie. »Hat er dir zugewinkt?«

»Nein«, sagte Alak und stand auf.

»Dann war es niemand, den wir kennen«, entgegnete sie trocken. »Lass uns weitergehen, aber auf ein Wettrennen habe ich keine Lust mehr.«

Als sie sich dem Merihba-See näherten, hörten die Zwillinge Stimmen. Alak zog Ilke mit sich hinter einen Busch. Unten am See waren gerade ein paar Kinder dabei, ein Floß ins Wasser zu schieben.

»Das ist ja unser Floß«, zischte Ilke empört. »Na warte, denen werde ich es zeigen!« Sie ballte die Fäuste.

»Ist es nicht besser, mit ihnen zu spielen, als gegen sie zu kämpfen? Die sehen alle sehr stark aus und außerdem sind es ziemlich viele.«

»Die stehlen unser Floß! Macht dir das gar nichts aus?« Ilke konnte es nicht fassen.

»Scha-Ra sagt, du sollst deine besonderen Gaben für etwas Gutes einsetzen. Außerdem mag er es nicht, wenn du sie benutzt und andere schauen zu.«

»Ich werde diese dreisten Diebe nur ein bisschen anfrieren, nur so viel, dass sie kapieren, dass das *unser* Floß ist.«

»Reiß dich zusammen!«

»Nur ein bisschen?«

»Hör jetzt auf! Wir versuchen lieber, mit ihnen zu reden.«

Alak ging auf die Kinder zu und hob zum Gruß die Hand. »Hallo, ich heiße Alak.«

Die Floßdiebe sahen ihn an.

»Ich heiße Julsah«, sagte der größte der

Jungen schließlich. »Und er heißt Tah.« Er zeigte auf einen, der am Ufer stand. »Und das da ist Jenhe.«

Jenhe, die dabei war, das Floß ins Wasser zu schieben, hielt inne und grüßte. Sie hatte ihre Zöpfchen in einem Kranz um den Kopf gewunden.

»Ich heiße Heile«, sagte das andere Mädchen mit dem schmutzigen Gesicht und den verdreckten Händen. »Und der hinter mir ist mein kleiner Bruder. Er heißt Antah.«

Ein kleiner, wuscheliger Kopf tauchte hinter ihr auf und streckte Alak die Zunge raus. Antah war genauso schmutzig wie seine Schwester.

»Und das ist unser Floß«, sagte Julsah stolz.

Das war Ilkes Stichwort, sie kam hinter dem Busch hervor und stellte sich neben Alak.

»Wir haben es im letzten Jahr gebaut, das heißt, es gehört irgendwie uns«, sagte Alak vorsichtig.

»Nicht nur ›irgendwie‹, es gehört uns!«, zischte Ilke und ging einen Schritt nach vorn.

»Wir haben es aber gefunden«, sagte Julsah und spuckte auf den Boden.

»Wir haben es gefunden und nun gehört es uns!«, rief Antah, der noch immer hinter seiner Schwester stand.

»Das tut es nicht!«, schrie Ilke und stellte sich vor Julsah. Böse starrte sie ihm geradewegs in die Augen und funkelte ihn böse an.

Alak ging zum Floß und untersuchte es. »Ich glaube, wir müssen es erst reparieren, bevor wir es ins Wasser schieben können. Der Mast ist verrottet, und wir müssen das Material zum Vertäuen austauschen, damit es nicht auseinanderfällt.«

Ilke warf Alak einen vernichtenden Blick zu. Sie hatte sich darauf gefreut zu zeigen, wie sie jeden von ihnen in einen Eiswürfel verwandeln konnte.

Julsah ging zu Alak. »Wir haben eine Axt«, sagte er.

»Schön«, sagte Alak. »Kommt, wir reparieren gemeinsam das Floß, und danach können wir alle damit spielen. Spielen macht mehr Spaß, wenn wir viele sind.«

Die fremden Kinder nickten, und bald waren alle damit beschäftigt, verrottete Baumstämme auszutauschen und einen neuen Mast zu bauen. Jenhe und Heile flochten aus Binsen neue Stricke zum Vertäuen der Balken, während Alak und Julsah versuchten, den Baumstamm anzuheben, den sie von Ästen befreit hatten und als Mast verwenden wollten.

Ilke saß unterdessen unter einem Baum und schmollte.

»Wir brauchen hier mal etwas Hilfe!«, rief Alak zu seiner Schwester hinüber.

Ilke blickte missmutig auf.

»Komm schon, Ilke!«, rief Julsah.

Schließlich stand sie auf und lief zu den anderen. Alak lächelte. Er wusste, dass sie froh darüber war, dabei zu sein, denn Schmollen fand Ilke eigentlich langweilig.

Gemeinsam trugen sie den Mast zum Wasser. Julsah ging voraus und achtete darauf, dass das Ende des Stammes ins Loch in der Mitte des Floßes gesteckt wurde.

»Hebt ihn hoch!«, rief er.

Die anderen schoben den Mast auf seinen Platz, worauf Alak und Julsah ihn mit einigen kräftigen Holzkeilen befestigten.

»Lasst es uns ausprobieren«, schlug Alak vor.

Daraufhin stießen sie das Floß vom Ufer ab. Jenhe und Heile blieben an Land und hielten das Tau, um das Floß zurück an Land zu holen.

»Das liegt großartig im Wasser«, sagte Julsah und begann, im Seemannsgang zu gehen.

Das Floß schaukelte hin und her. Antah johlte vor Freude und hielt sich am Mast fest.

»Hört auf damit, wir können euch sonst nicht mehr festhalten!«, riefen die Mädchen an Land.

»Ich höre euch nicht!«, lachte Julsah zurück, ohne mit dem Schaukeln aufzuhören.

Doch von einer auf die andere Sekunde wurde er ganz still: Ein Mann stand am Strand. Er hatte schwarzes Haar, das ihm wild ins Gesicht hing, und trug einen Lendenschurz aus Leder. Sein Oberkörper war mit weißen Zeichen und Mustern bemalt; er war kräftig gebaut und seine Augen blitzten vor Wut und Hass. Er schob die beiden Mädchen zur Seite und griff nach dem Tau.

»Mit wem spielt ihr da?«, brüllte er.

»Äh … mit denen, die das Floß gebaut haben«, stotterte Julsah.

»Aber das sind doch Elfen«, tobte er.

»Elfen?«, flüsterte Julsah ungläubig und schaute Alak an. »Ihr habt uns angelogen.«

»Aber wir haben doch gar nicht gesagt, wer wir sind«, sagte Alak, und plötzlich war es ihm irgendwie peinlich, ein Elf zu sein.

»Schluss jetzt!«, brüllte der Mann Julsah und die anderen Kinder an. »Ihr kommt sofort hierher, ich kümmere mich um sie.«

Die Kinder sprangen ins Wasser und wateten an Land.

»Julsah …«, begann Alak, doch der Junge hob unwillig den Arm, um Alak zu bedeuten, dass er nichts hören wollte.

Die fremden Kinder gingen schnurstracks zu dem Mann. Alak konnte nicht hören, was dieser sagte, aber er schien aufgebracht. Plötzlich schlug er Julsah mit der flachen Hand ins Gesicht, so dass der Junge nach hinten taumelte. Er blieb ein Stückchen entfernt von den anderen stehen und starrte zu Boden, um seine Tränen zu verbergen.

Alak schaute zu Ilke. Sie sah den rasenden Mann verängstigt an. Weder Alak noch Ilke verstanden, was sie falsch gemacht hatten.

Jetzt warf der Mann das Tau ins Wasser. Das Floß begann zu schaukeln, und sie glitten langsam auf den See hinaus. Alak blickte sich um. Der Merihba-See war groß. Wenn sie zu weit hinaustrieben, würden sie keine Chance mehr haben, an Land zu kommen, denn sie konnten nicht schwimmen. Arul hatte versprochen, es ihnen beizubringen, doch bisher hatten sie nur im flachen Wasser getaucht.

»Was machen wir jetzt?«, flüsterte Ilke.

»Wir müssen an Land«, sagte Alak.

Er umfasste Ilke und sprang mit ihr ins Wasser. Es reichte ihnen bereits bis an die Hüften. Sie blieben stehen und sahen zu dem

Mann, der jede ihrer Bewegungen beobachtete.

»Das klappt nie«, sagte Ilke.

»Es muss klappen, halt dich hinter mir.«

An den Strand zu gelangen schien eine Ewigkeit zu dauern. Die Zwillinge verstanden nicht, was da gerade geschehen war und warum. Die Kinder, mit denen sie noch vor ein paar Minuten gespielt hatten, sahen sie nun verächtlich an.

»Hast du noch Lust, jemanden zu vereisen?«, flüsterte Alak, als sie etwa zehn Meter von dem Mann entfernt stehen blieben.

»Das geht nicht, ich hab viel zu viel Angst!«

»Wir könnten versuchen wegzulaufen, aber ich glaube nicht, dass wir sehr weit kommen würden. Wenn du es trotzdem versuchen möchtest, werde ich ihn ablenken.«

Ilke schüttelte den Kopf. »Ich geh nicht ohne dich.«

Der Mann watete zu Alak und holte mit dem Arm aus. Alak merkte, wie die riesige Faust ihn streifte, aber er duckte sich weg und rannte los. Ilke lief hinter Alak den Strand entlang, als der Mann sie einholte und so kräftig schlug, dass sie in den Sand fiel.

»Dort, wo wir herkommen, aus den Bergen, behandeln wir so etwas wie euch wie

Tiere«, zischte er, packte Ilke und hob sie grob hoch.

»Wessen Sklaven seid ihr? Woher seid ihr entflohen?«, fragte er drohend und schüttelte das Elfenmädchen grob.

Ilke sah ihn verzweifelt an. »Wir sind nirgendwoher entflohen«, flüsterte sie. »Scha-Ra hat uns erlaubt hierherzugehen.«

»Du rührst meine Schwester nicht an!«, schrie Alak. Er griff sich einen Stock und schlug dem Mann mit aller Kraft aufs Ohr. »Wir sind keine Sklaven!«, schrie er ihn an. Die Gefühle, die ihn überwältigt hatten, als Scha-Ra ihnen von ihren Eltern erzählt hatte, kamen wieder in ihm hoch.

Arul war auf dem Weg zum Merihba-See, als er die Rufe vom Strand hörte. Er stellte sich auf die Hinterbeine und witterte.

»Ein Murtokk-Krieger«, flüsterte er aufgeregt vor sich hin. Sofort ließ er sich auf alle viere fallen und begann zu laufen. Das Gras peitschte ihm ins Gesicht und Zweige zerbrachen unter seinen schweren Tatzen. Sein Herz schlug schneller und seine Nackenhaare sträubten sich vor Nervosität. Dass den Kindern nur nichts zustieß!

Währenddessen brüllte der Mann und

wandte sich wie ein Rasender Alak zu. Er wollte den Jungen gerade packen, als ein Schrei von Heile ihn zurückfahren ließ. Niemand hatte bemerkt, dass Antah auf dem Floß geblieben war. Er hatte sich wohl nicht getraut, mit den anderen an Land zu gehen, weil ihm das Wasser zu tief war. Der Mann starrte besorgt zum Floß, das langsam immer weiter auf den See trieb.

Ilke ging zu dem reglos dastehenden Fremden. »Wenn du willst, kann ich helfen …«

Der Mann drehte sich zu Ilke um, knurrte und ging einen Schritt zurück.

Alak hatte Angst und wusste nicht, wie Ilke auf die Zurückweisung reagieren würde, doch sie ging ganz ruhig zum Seeufer und berührte mit der Hand das Wasser. Er konnte sehen, wie sie ihre Kräfte sammelte.

Während alle sprachlos dastanden und Ilke beobachteten, wurde das Wasser langsam zu Eis. Zuerst nur um ihre Hand herum, dann breitete sich die Vereisung immer weiter aus; wurde dicker und dicker. Bald entstand ein Eispfad zum Floß hin. Ilke lächelte; das Gefühl der Kälte, das durch sie hindurchströmte, machte sie immer froh.

Draußen auf dem Floß brauchte Antah eine Weile, bis er den Mut fand zu springen. Er rutschte auf dem glatten Eis aus, kam jedoch rasch wieder auf die Füße und rannte an Land. Er quiekte vor Freude darüber, gerettet worden zu sein, lief zu Ilke und schlang seine Arme dankbar um sie.

Der Mann packte ihn und stieß ihn weg, als ob er fürchtete, Ilke könnte den Jungen zu Eis werden lassen. Er sah sie fassungslos an, und seine Finger zitterten.

»Dieses Mal kommt ihr noch davon, aber wenn ich euch je wieder erwische, dann …«

Weiter kam es nicht. Genau in diesem Moment kam Arul hinter einem Busch hervorgestürzt und stellte sich vor Ilke. Drohend erhob er sich auf die Hinterbeine und beugte sich zu dem Mann hinunter, um ihm in die Augen zu sehen.

»Was geht hier vor?«, fauchte er.

Der Mann maß Arul mit den Augen. Da richtete sich der Winterbär zu seiner vollen Größe auf und überragte den Mann um mehr als einen Kopf. Arul war die pure Kraft.

»Scha-Ra und dieser …« – der Fremde starrte Arul hönisch an – »… können euch nicht immer beschützen«, knurrte er in Richtung Alak und Ilke. Er drehte sich um und fauchte die Kinder an: »Kommt schon!«

Bevor sie im Wald verschwanden, fuhr Julsah herum. Er lief zurück zu Alak, legte seine Hand auf dessen Schulter und lächelte. »Danke«, flüsterte er. Dann lief er den anderen hinterher.

Alak und Ilke warfen sich Arul an den Hals. Der Bär drückte sie erleichtert an sich. »Wenn ich einmal nicht auf euch aufpasse, geratet ihr gleich mit Murtokks aneinander«, sagte er und schüttelte den Kopf.

»Wir wussten doch nicht, dass es Murtokks waren«, sagte Ilke.

»Das waren ja nur Kinder, genau wie wir«, fuhr Alak fort.

»Alle sind am Anfang Kinder. Wir werden sehen, was Scha-Ra dazu zu sagen hat. Kommt, es ist spät und wir müssen nach Hause.«

Die Elfenkinder liefen neben Arul her, der zügig zum Schloss trottete. Das Gras wogte um ihre Füße. Arul lächelte vor sich hin. Er war stolz auf die beiden und fühlte, dass sie auf ihre Weise seine kleinen Winterbären waren.

Scha-Ra bereitete gerade das Abendessen zu, als sie ankamen. Kleine Öllampen erhellten auch die dunklen Ecken der Küche, und das Feuer im Kamin warf ein warmes, tanzendes Licht in den Raum. Alak und Ilke wuschen sich die Hände und setzten sich dann an den Tisch.

»Scha-Ra, ich denke, du solltest wissen«, begann Arul, »dass Ilke heute mit ihren besonderen Gaben ein Murtokk-Kind gerettet hat, während ein erwachsener Murtokk dabei war. Und der kannte deinen Namen.«

Scha-Ra runzelte die Stirn und sah Ilke ernst an. »Das ist nicht gut.«

»Ich habe es doch nur gut gemeint«, sagte Ilke. Sie mochte es nicht, dass Scha-Ra besorgt war.

»Ich weiß. Es war dumm von mir zu glauben, wir könnten deine besonderen Gaben geheim halten.« Scha-Ra lächelte. »Nun essen wir erst mal. Es war ein langer Tag und wir wollen jetzt nicht daran denken. Erzählt lieber, was ihr heute erlebt habt!«

Mit vollem Mund erzählten Alak und Ilke, was am Merihba-See geschehen war. Danach brachte Scha-Ra sie ins Bett, während Arul die Küche aufräumte.

Als Alak und Ilke sich ausgezogen hatten und unter den warmen Federbetten lagen, setzte Scha-Ra sich auf einen Hocker. »Was haltet ihr davon, an die Küste zu fahren?«

»Ans Meer?«, fragte Ilke.

Alak und Ilke hatten Scha-Ra von dem

enormen Wasser, der salzigen Luft und den weichen Sandstränden erzählen hören.

»Ich denke, wir könnten etwas Abwechslung gebrauchen. Ihr könntet ein bisschen über die Lebensweise des Aharam-Volkes in El-Elem lernen und andere Kinder in eurem Alter treffen.«

Alak und Ilke strahlten.

»Klar wollen wir das«, rief Ilke begeistert.

»Wann reisen wir ab?«, fragte Alak und bebte vor Aufregung.

Der Zauberer stand auf. »Bald. Aber erst braucht ihr Schlaf, es wird eine lange Reise.« Er löschte die Öllampe. »Gute Nacht, Kinder«, flüsterte er und ging aus dem Zimmer.

»Gute Nacht«, antworteten sie leise.

Alak konnte nicht einschlafen. Jedes Mal, wenn er die Augen schloss, sah er den schwarzen Ritter vor sich oder Scha-Ra, der davon sprach, dass sie die Prophezeiung nicht erfüllen konnten. Schließlich stand er auf, zog sich eine Jacke und Pantoffeln an und ging nach unten. Scha-Ra und Arul saßen in der Küche und unterhielten sich, als er hereinkam.

»Ich kann nicht schlafen«, sagte Alak.

»Komm und setz dich zu uns. Wir sprechen gerade über unsere Reise nach El-Elem. Ich habe beschlossen, dass wir schon heute Nacht aufbrechen. Eigentlich wollte ich noch warten, aber um unserer Sicherheit willen sollten wir so schnell wie möglich abreisen. Die Murtokks sind unberechenbar und nach dem, was Ilke am Merihba-See getan hat, können sie uns Schwierigkeiten bereiten.«

»Warum gehen wir nach El-Elem?«, fragte Alak.

»Als ich jung war, habe ich beim Aharam-Volk gelebt und kenne den Häuptling gut. Er wird sich unserer annehmen und uns helfen.«

»Wenn wir schon heute Nacht abreisen, ist es am besten, wenn ich mit dem Packen beginne«, sagte Arul und stand auf.

»Du kannst mit mir kommen«, sagte Scha-Ra zu Alak. »Ich zeige dir ein bisschen Zauberkunst.«

Alak lächelte und folgte Scha-Ra in sein Arbeitszimmer. Der Zauberer legte das Buch *Phenomena* zusammen mit einigen Kräutern in eine Tasche. Dann holte er einen großen Spiegel aus einer Zimmerecke und stellte ihn mitten in den Raum. Zwei Löwen aus Kupfer hielten den Spiegel zwischen ihren Klauen und obendrauf saß ein Adler mit ausgebreiteten Schwingen. Scha-Ra flüsterte einige Worte und legte seine rechte Hand auf den Spiegel. Dieser begann intensiv zu leuchten. Das ganze Zimmer wurde in ein weißlich-silbernes Licht getaucht, und auf einmal begann die Spiegeloberfläche sich zu bewegen und wurde wie durch ein Wunder flüssig. Scha-Ra schöpfte etwas von der Oberfläche in seine Hand und goss es in einen Lederbeutel. Dann knotete er den Beutel sorgfältig zu und legte ihn zu den Kräutern und dem Buch in die Tasche.

»Hat dir das gefallen?«, fragte er.

Alak saß auf einem Hocker und starrte ihn mit offenem Mund an. Er nickte.

»Der Spiegel und das Wasser sind ein Portal, das wir benutzen können, um zum Schloss zurückzukehren«, sagte Scha-Ra.

Das Licht um sie herum wurde schwächer und verschwand schließlich ganz. Scha-Ra legte ein großes Tuch über den Spiegel und schob ihn wieder zurück an seinen Platz. Dann ging er zum schmalsten Bücherregal, fuhr mit dem Finger die Kante entlang und drückte in eine kleine Vertiefung, trat einen Schritt zurück und beobachtete, wie das Regal langsam zur Seite glitt. Staunend bemerkte Alak, dass sich vor ihnen ein kleiner Raum auftat. Scha-Ra ging hinein und machte Alak ein Zeichen, ihm zu folgen.

»Hier bin ich nicht mehr gewesen, seit das Schloss gebaut wurde«, erklärte Scha-Ra.

Es dauerte eine Weile, bis sich Alak an die Dunkelheit gewöhnt hatte. Alles war von einer dicken Staubschicht bedeckt, und von der Decke hing eine Rüstung herab.

»Das ist Schihryan, die Rüstung der Gerechtigkeit«, sagte Scha-Ra andächtig.

Alak fand, sie glänzte in dem trüben Licht, als ob sie sich danach sehnte, endlich wieder benutzt zu werden. Als sie den Raum wieder verlassen wollten, griff Scha-Ra nach einem Stab, der an der Wand lehnte.

»Alles steht bereit«, sagte Arul, der gerade hereingekommen war. Er schaute sich um. »Was machst du mit deinen Büchern, wenn wir fahren?«

»Ich lasse sie zurück. Ich habe ein geheimes Portal gemacht, das wir benutzen können, sollten wir zurückkehren müssen.«

»Was ist das?«, fragte Arul und betrachtete neugierig den Stab, den Scha-Ra in der Hand hielt.

Der Zauberer blies den Staub weg, und ein großer Stein, der aussah, als ob er aus dem Holz herausgewachsen war, kam zum Vorschein. Scha-Ra putzte ihn mit einem Zipfel seines Umhangs, und der Stein begann mit einem pulsierenden blauen Licht zu leuchten.

»Der ist schön«, sagte Alak.

»Er ist magisch«, erklärte Scha-Ra.

Alak wollte nicht fragen, wozu man ihn benutzen konnte. Er hatte genug über Zauberkunst gelernt, um zu wissen, dass sie Dinge vermochte, von denen er nur zu träumen wagte.

»Soll ich Ilke wecken?«, fragte Arul.

»Nein, lass sie noch schlafen«, sagte der alte Zauberer bestimmt und ging mit dem Elfenjungen voraus zu einer Trage, auf der Arul ihr Reisegepäck verstaut hatte.

»Glaubst du, du kannst jetzt schlafen?«, fragte Scha-Ra Alak und half ihm auf die Trage.

»Ich kann es versuchen«, sagte Alak.

Als er sich zugedeckt hatte, kam Arul mit der schlafenden Ilke in den Armen und legte sie neben ihn. Scha-Ra flüsterte einige Worte, und ein schwaches blaues Licht erstrahlte in seiner Hand, das sich um die Kinder legte.

Das Licht machte Alak schläfrig, doch etwas in ihm kämpfte dagegen an. Er betrachtete die Sterne und hörte, worüber sich Arul und Scha-Ra unterhielten.

»Sie werden bis Sonnenaufgang schlafen«, sagte der Zauberer.

»Alak schläft nicht«, sagte Arul und legte einige Decken über die Kinder, so dass sie nicht froren.

»Doch, doch«, beruhigte ihn der Zauberer. »Er wird bald schlafen. Wir gehen von hier aus direkt zum Merihba-See. Dort nehmen wir das Floß und segeln den Fluss hinunter. Ich hoffe, die Kinder haben es ordentlich repariert.«

Arul legte sich den Gurt um, der an der Trage befestigt war, und dann gingen sie los.

# Die lange Reise

# Scha-Ras Verschwinden

Der Merihba-See lag wie ein schwarzer Spiegel hinter den Bäumen.

Kleine Luftwesen flogen gemächlich über das Wasser, aus dem ab und an ein Fisch auftauchte, der versuchte sie zu fangen. Alak drehte sich auf den Bauch und schaute aufs Wasser. Der Eispfad, den Ilke gemacht hatte, verlief noch immer vom Strand bis zum Floß. Das Eis knackte leicht, wenn das Wasser sich bewegte, und in der warmen Sommernacht war das ein wundersamer Anblick.

»Sehr eindrucksvoll!«, sagte Scha-Ra zu dem Winterbären. »Glaubst du, es hält?«

Arul ging hinunter zur Eisscholle und schnupperte daran.

»Ich werde drüberlaufen«, sagte er. Wenn es mich aushält, dann hält es auch euch.«

Er setzte die Trage mit den Kindern behutsam ab und betrat vorsichtig das Eis. Sofort begann es zu knacken und bekam Risse. Große Eisstücke lösten sich und trieben auf dem Wasser. Als er die Hälfte geschafft hatte, gab das Eis nach und Arul verschwand im Wasser. Alak musste lachen, hielt sich aber schnell die

Hand vor den Mund, damit die anderen es nicht hörten. Allerdings übertönte der Krach, den der große Winterbär im Wasser veranstaltete, alle Geräusche im Umkreis von mehreren Kilometern. Arul tauchte und schwamm zum Floß hinaus, brach es aus dem Eis und schob es vor sich her, dem Land entgegen.

»Ich hätte mich erst ausziehen sollen«, brummte er, als er wieder am Strand war.

»Als ich gesehen habe, wie du ins Wasser gefallen bist, hab ich schon ein paar trockene Sachen rausgesucht«, lachte Scha-Ra.

Arul zog sich um und zurrte dann die Ladung auf dem Floß mit Stricken fest.

Als Arul die Elfenkinder an Bord tragen wollte, setzte sich Alak auf.

»Ich kann allein gehen«, sagte er.

Arul sah unsicher zu Scha-Ra. »Sollten die beiden nicht noch schlafen?«

»Er muss gegen den Zauber immun sein«, murmelte Scha-Ra. »Unglaublich!«

»Heißt das, dass deine Zauberkunst oder die anderer Zauberer bei Alak nicht wirken?«

»Auf jeden Fall nicht so stark, wie ich geglaubt habe«, sagte Scha-Ra und strich Alak gedankenverloren über den Kopf. »Wir brauchen einen Stab, um das Floß zu steuern«, sagte er dann geschäftig.

Arul bückte sich nach einem Stock, der neben einem Busch lag. »Nimm den, dann freut sich Alak. Den hat er benutzt, um Ilke vor dem Murtokk zu verteidigen.«

Scha-Ra lächelte und wog ihn in der Hand. »Wir brauchen noch einen.«

Arul knickte einfach einen kleinen Baum um und entfernte die Äste. Dann ging Scha-Ra an Bord, und der Elfenjunge schob das Floß hinaus aufs Wasser.

Kleine, leuchtende Luftwesen begleiteten sie. Arul versuchte, sie wegzuwedeln, aber sie entschlüpften ihm immer wieder.

»Lass sie«, lächelte Scha-Ra. »Sie sind nur neugierig. Sie werden bald das Interesse an uns verlieren, außerdem sind sie nicht gern weit weg vom Land.«

»Glaubst du, das Floß hält den weiten Weg bis hinunter an die Küste?«, fragte Arul.

»Ich glaube schon, aber wir sollten, während wir die Stromschnellen am Beginn des Monaga-Flusses passieren, still sitzen.«

Die Wellen schlugen gegen das Holz, als sie mitten auf den See waren, und vom Santor-Gebirge her wehte ein frischer Wind.

Scha-Ra stellte seinen Stab neben den Mast. Der Stein begann zu leuchten, und unversehens wuchs der magische Stab zu einem

Baum, der sich eng um den Mast wand. Arul sah wie versteinert zu. Als der Wind in die Zweige und Blätter des Baumes griff, gewann das Floß an Fahrt.

»Ist denn der Baum nicht zu schwer für das Floß?«, flüsterte Alak. Er war äußerst verwundert über das Geschehen.

»Das ist Zauberkunst«, sagte Scha-Ra lächelnd.

Der alte Zauberer übernahm die erste Wache. Alles blieb ruhig.

Als die Sonne über dem Santor-Gebirge aufging, konnten sie den Monaga-Fluss und die Grasebene von Gredom sehen, die sich bis hinunter zum Meer erstreckte. Alak setzte sich auf und betrachtete die Krone des magischen Baums. Der Wind raschelte in den Blättern. Ein beruhigendes Geräusch, fand Alak und sah zu Scha-Ra, der gedankenversunken auf den Fluss blickte.

»Bist du hier schon mal langgefahren?«, fragte Alak.

Scha-Ra lächelte und nickte. »Nachdem ich einige Jahre beim Aharam-Volk gelebt hatte, wanderte ich den Fluss hinauf, um einen Ort zu finden, an dem ich mich niederlassen konnte. Ich brauchte Ruhe und wollte studieren. Ich wusste ja nicht, wann genau ihr kommen würdet, und ich musste auf euch vorbereitet sein.«

»Auf unser Kommen vorbereitet sein?«

Sha-Ra nickte. »Ich bin der letzte Zauberer, der die Verantwortung für die *Phenomena* trägt«, sagte er und klopfte leicht auf die Ledertasche, die über seiner Schulter hing. »Und ich werde euch helfen, die Prophezeiung, die in diesem Buch aufgezeichnet ist, zu erfüllen. Das ist meine Aufgabe.«

»Bekommt jeder Aufgaben zugeteilt, die andere lange vor seiner Zeit für ihn bestimmt haben?«, fragte Alak.

Scha-Ra schüttelte den Kopf und lächelte. »Für Zauberer trifft das zu, deshalb leben wir so lange.«

»Wie alt bist du?«

Scha-Ra lachte laut auf. »Das ist schon eine ganze Weile her, dass mich das jemand gefragt hat.« Er wurde still und runzelte die Stirn. »413 Jahre«, sagte er schließlich. »Sie sind schnell vergangen«, fuhr er fort und nickte ernst vor sich hin. »Wenn man erst mal hundert geworden ist, fliegt die Zeit nur so dahin.«

Eine Zeit lang sagte niemand ein Wort. Alak dachte daran, was er werden sollte, bevor er hundert würde – wenn die Zeit anfing, schnell zu vergehen. Aber er war ja kein Zauberer … Ein zuerst schwaches, dann anschwellendes Brausen unterbrach seine Gedanken.

»Wir nähern uns den Stromschnellen«, sagte Scha-Ra. »Kannst du bitte Arul wecken? Ich brauche hier ein bisschen Hilfe.«

Alak nickte, streckte sich gähnend und knuffte dann Arul in die Seite. Der Winterbär schaute auf und blinzelte ihn an.

»Scha-Ra braucht Hilfe«, sagte Alak.

Der Bär sah sich um und verstand sofort, worum es ging. Schnell stand er auf und ergriff den einen Stock. Den anderen brachte er Scha-Ra. »Was machen wir mit Ilke?«, fragte er den Zauberer, als er sich bereit machte, das Floß zu steuern.

»Wir lassen sie schlafen. Die Stromschnellen sind schwierig, aber nicht unüberwindlich.«

Arul setzte sich neben dem Zauberer in Position. Das brausende Wasser erfasste das Floß und es ruckte. Scha-Ra stieß den Stock ins Wasser, um es zu drehen, und sie kamen auf die linke Seite der Stromschnellen. Das Brausen wurde immer stärker.

Arul sah den alten Zauberer besorgt an. »Geht's?«, fragte er.

Scha-Ra nickte nur.

»*Ich* bin mir nicht so sicher«, sagte Arul. »Aber wenn du das schon mal gemacht hast, dann …«

»Ich bin hier auch noch nie hinuntergefahren«, sagte Scha-Ra ruhig.

Arul erstarrte. Diese Antwort hatte er am allerwenigsten erwartet, und sie gefiel ihm ganz und gar nicht. »Direkt vor uns liegt ein Stein, fahr nach rechts!«, rief er hektisch.

Das Wasser spülte über das Fahrzeug hinweg und das nasse Holz wurde rutschig.

Scha-Ra stieß sich mit dem Stab von einem Stein ab und lenkte das Floß nach rechts. Sofort ergriff der Strom das Floß, und es schoss pfeilgeschwind durch die Strömung. Jetzt war es zu spät, um umzukehren. Sie wurden schneller und schneller den brausenden Fluss hinuntergetragen. Aufmerksam hielten sie Ausschau nach jedem Wasserwirbel und jedem Stein, die das Floß zum Kentern bringen oder es zertrümmern konnten. Arul rief kurze Anweisungen, dann drehte Scha-Ra bei.

Alak klammerte sich mit der einen Hand an den Baum und griff mit der anderen nach Ilke. Nicht nur das Wasser machte ihm Angst, er fühlte, dass da noch etwas anderes war. Er hatte dasselbe Gefühl im Bauch wie damals,

als er den schwarzen Ritter auf dem Bergkamm nahe dem Merihba-See gesehen hatte. Er merkte, dass Scha-Ra ihn beobachtete. Es schien fast so, als könnte der Zauberer seine Gedanken lesen. Vielleicht hatte Scha-Ra aber auch nur die Furcht in seinen Augen erkannt.

»Versuch, ans Ufer zu lenken!«, schrie der Zauberer Arul zu.

Der sah ihn fragend an.

»Ans Ufer!«, rief Scha-Ra wieder.

Arul stemmte seinen Stock gegen einen Stein und stieß sich ab, doch das Floß änderte seine Richtung nicht und schoss weiter geradeaus. Arul versuchte es noch einmal, aber es schien, als ob ihn auf einmal alle Kraft verlassen hätte. Alak sah, dass der Winterbär Probleme hatte, und es schien ihm, als könne er sich nicht mehr auf den Beinen halten. Er ließ Ilke los, sprang nach vorn, fasste nach Arul und riss ihn so heftig nach hinten, dass beide auf den Rücken fielen.

»Ich kann nicht mehr richtig sehen«, sagte Arul mit belegter Stimme.

Alak rief verzweifelt nach Scha-Ra, doch der antwortete nicht. Durch die Blätter am Mast sah Alak, dass der Zauberer den Stock weggelegt und die Hände gen Himmel gerichtet hatte. Dabei starrte er auf das tosende Wasser. Ein eisig kalter Wirbel aus Wassertropfen erhob sich vor ihnen und formte sich zu einer Wasserwand, auf dem sich ein verzerrtes Gesicht zeigte, bevor eine Welle mit voller Wucht über das Floß schlug. Das Gefährt knackte in allen Fugen. Ilke erwachte mit einem Schrei und starrte Alak voller Angst an. Dieser erhob sich sofort, um seiner Schwester beizustehen.

»Bleibt unten!«, schrie Scha-Ra.

Alak setzte sich auf die Knie und hielt sich gut an dem schwankenden Mast fest. Gerade als er die Hand nach Ilke ausstrecken wollte, hob jedoch eine Welle das Floß an und warf sie nach hinten. Alak erwischte in letzter Sekunde noch ihren Fuß.

»Was ist los?«, brüllte Arul und drehte sich Scha-Ra zu. »Ich kann nichts sehen.«

Scha-Ra antwortete nicht, sondern starrte weiterhin angestrengt geradeaus. Eine neue Welle erhob sich und rollte ihnen entgegen. Das Floß fegte mit rasender Geschwindigkeit geradewegs durch sie hindurch. Einen Augenblick bekamen sie keine Luft und es fühlte sich an, als ob das Floß schwebte. Alak schrie, als er spürte, wie Ilke aus seinen Händen gerissen wurde und in den schäumenden Wassermassen versank, als das Floß wieder auf die Wasseroberfläche traf.

Ihr Gefährt fuhr schneller und schneller die Stromschnellen hinab und nun – da Scha-Ra nicht mehr steuerte – wurde es hin und her geworfen.

»Du bekommst sie niemals!«, schrie Scha-Ra zornig. »Ich bin der Wächter und Träger! Die Auserwählten sind in meine Obhut gegeben!«

Das Wasser brauste und zischte. Doch langsam wurden die Wellenberge kleiner und man konnte bis zum Grund sehen. Scha-Ra stand am Rande des Floßes, als plötzlich alles still wurde. Dann begann die Erde zu zittern. Das Beben ging durch jeden Wassertropfen und wurde zu einem tiefen, hohlen Ton, der immer lauter anschwoll. Eine gewaltige Explosion auf dem Grund des Flusses ließ eine enorme Welle entstehen, die über Scha-Ra zusammenstürzt und ihn mit sich fortriss. Der gewaltige Baum, der sich um den Mast schlang, zitterte, löste sich und fiel donnernd aufs Deck. Dann rollte er über das Floß, glitt in den Fluss und verschwand.

Alak schleppte sich auf allen vieren nach vorn und staunte nicht schlecht, als er Scha-Ra mitten im Fluss stehen und das Wasser aufhalten sah. Es zischte und sprudelte um ihn herum. Scha-Ra sah zu Alak und versuchte, etwas zu sagen, doch der hörte durch das ohrenbetäubende Getöse nur Bruchstücke. Dann verwandelte sich das Wasser um Scha-Ra herum in Milliarden von Wassertröpfchen, und der Fluss verschlang ihn.

Augenblicklich beruhigte sich das Wasser. Ein kalter Nebel legte sich auf die Wasseroberfläche, und aus der Tiefe tauchte Ilke auf. Alak griff nach ihr und zog sie auf das Floß. Der Winterbär legte seine Pfoten auf ihre Brust und drückte vorsichtig darauf; sie hustete Wasser. Es war kaum zu glauben, aber sie war am Leben! Arul hielt Ilke eng an sich gepresst und weinte vor Erleichterung und Freude.

Alak starrte vor sich hin. Innerhalb von nur wenigen Minuten hatte sich alles verändert. Er wollte weinen, fühlte sich aber völlig leer, so als ob er alle Gefühle aufgebraucht hätte.

»Scha-Ra hat versucht, mir etwas zu sagen«, sagte Alak leise. »Etwas über einen Fremden, einen Wanderer oder so.«

»Wollte er dich warnen?«, fragte Arul.

»Ich … ich weiß nicht«, stammelte Alak. »Er verschwand so rasch.«

Sie glitten den Fluss hinab. Keinem war nach reden zumute. Arul hielt die Elfenkinder dicht an sich gedrückt und schaukelte langsam hin und her. Die monotone Bewegung wirkte beruhigend, und Alak spürte erst jetzt, dass er vor Kälte zitterte.

»Wir gehen an Land und warten auf Scha-Ra«, entschied Arul und bremste das Floß.

»Aber Scha-Ra ist tot!«, schrie Ilke.

»Ich verstehe nicht, was passiert ist«, murmelte Alak. *»Der Fluss hat Scha-Ra verschlungen … mit Absicht.«*

Die Elfenkinder sahen Arul aus rotgeweinten Augen an.

»Falls Scha-Ra nicht zurückkehren sollte, werde *ich* euch helfen«, sagte Arul.

»Glaubst du, dass Scha-Ra zurückkehren wird?«, fragte Ilke leise.

Der Winterbär nickte.

»Wie kann er das?«, fragte Alak.

»Durch Zauberkraft«, sagte Arul. »Er ist ein mächtiger Zauberer.«

Sie steuerten vorsichtig auf das Land zu und vertäuten das Floß am Ufer. Geschäftig machte der Winterbär dann Feuer, damit sie sich wärmen konnten. Zwei Tage blieben sie dort und warteten auf Scha-Ra. Jeden Abend entzündeten sie ein gewaltiges Feuer, in der Hoffnung, dass er sie dort finden möge.

Am dritten Tag entschied Arul, dass sie weiterreisen mussten. Es war Scha-Ras Wunsch gewesen, den Fluss hinunter nach El-Elem zu fahren, und das würden sie auch tun.

Die Reise den Monaga-Fluss hinunter dauerte drei Tage. Arul hatte ein paar Decken zusammengenäht, die sie als Segel benutzten, und er hielt die Zwillinge zum Angeln an. Das brachte sie auf andere Gedanken und verschaffte ihnen etwas zu essen. Allabendlich ging Alak, um nach Scha-Ra Ausschau zu halten. Doch er sah nur die weite Ebene, ab und zu konnte ein Torfdach, einige Tiere und Bauern beim Heumachen. Scha-Ra jedoch blieb verschwunden. Darauf ging Alak dann betrübt zum Floß zurück. Auf Ilkes hoffnungsvollen Blick schüttelte er nur traurig den Kopf. Später saßen sie am Feuer und brieten Fische. Arul umarmte die Kinder und sang von den Grasebenen in Gredom und den weißen Schneeflächen in Altfjerd. Er sang, bis die Zwillinge auf seinem Schoß einschliefen. Dann legte er sich zwischen sie, um sie zu wärmen.

Der Monaga-Fluss bildete, bevor er ins Meer floss, den Pülk-See. In der Nähe dieses Sees, in El-Elem, lebte das Aharam-Volk. Arul und die Elfenkinder steuerten das Floß ans Ufer. Die Landschaft hatte sich verändert: Aus der grünen Grasebene war eine Dünenlandschaft geworden. Nur hie und da gab es noch Grasland.

Bei ein paar Palmen gingen sie an Land. Arul legte den Mast um und deckte das Floß mit Zweigen und Palmwedeln zu. Alak nahm seinen Stock und stieg mit Ilke auf eine Anhöhe hinauf, um sich umzuschauen.

Kaum standen die beiden jedoch auf der Anhöhe, da gab der Boden unter ihnen nach und sie sanken bis zu den Knöcheln ein. Der warme Sand rann ihnen in die Schuhe und zwischen die Zehen.

Alak zog die Schuhe aus, während Ilke zur nächsten Düne vorausging. Als er hinterhergestapft kam, lag sie auf dem Bauch und winkte ihn heran. Alak beeilte sich und legte sich neben sie.

Von der Spitze der Düne aus konnten sie über einen langen Strand und das Meer blicken. Am Strand waren viele Leute, die riefen und schrien. Kinder und Erwachsene liefen aufgeregt hin und her und scharten sich um ein großes, sich windendes Tier. Mehrere Männer mit spitzen Stöcken gaben Schreie von sich und trieben ihre Stöcke brutal und tief in die

Seite des Tieres. Das bäumte sich vor Schmerzen auf und schnappte nach dem Mann. Ilke ließ sich zurückgleiten und hielt sich die Hände vor die Augen. Alak drehte sich um und strich Ilke über den Kopf.

»Wir müssen Arul warnen«, sagte Alak und nahm ihre Hand.

Gemeinsam liefen sie zu dem Winterbären zurück.

Dieser sah verwundert auf, als er die helle Panik in den Augen seiner Schützlinge sah.

»Komm mit!« Ilke rang nach Atem und zog Arul an der Jacke, damit er ihnen folgen sollte.

Etwas widerstrebend trottete er hinter ihnen auf die Anhöhe hinauf. Alak und Ilke zeigten ihm das große Tier, das verletzt am Strand lag.

»Ich habe noch nie ein so großes Tier gesehen …«, flüsterte Alak.

»Warum quälen sie es?« Ilke ergriff Aruls Pfote und drückte sie.

»Sie quälen es nicht …«, begann Arul. »Es ist wohl gestrandet.«

»Aber was tun sie denn da?«, fragte Alak.

»Sie wollen es töten und dann essen«, erklärte der Winterbär.

# Der Fremde

Arul und die Elfenkinder gingen hinunter zum Dorf der Aharam. Einige Hundert Zelte standen kreisförmig beieinander und bildeten das Zentrum der Siedlung. Am Rande des Dorfes standen einige größere Zelte, die mit farbigen Wimpeln geschmückt waren, auf denen Figuren und Zeichen gemalt waren. Alak bemerkte, dass es hier anders roch als zu Hause. Dort roch die Luft nach Blumen, hier war sie frisch und salzig.

Arul hatte Alak und Ilke eingeschärft, sich dicht hinter ihm zu halten. Scha-Ra hatte zwar erzählt, dass er viele Jahre beim Aharam-Volk gelebt hatte, doch in der Zwischenzeit konnte sich viel verändert haben. Es war ein beruhigendes Gefühl, hinter einem Winterbären zu laufen.

Als sie das Dorf betraten, kam ein kleinwüchsiger, kräftiger Aharam mit einem Federkopfputz in flammenden Farben auf sie zu.

»Seid gegrüßt, Fremde«, sagte er.

Arul hob zum Gruß die Pfote.

»Ich bin Häuptling Eramam. Und ihr seid …«

»Ich bin Arul, und das sind Alak und Ilke. Scha-Ra hat uns zu euch gesandt.«

Arul ließ Alak und Ilke nach vorn treten. Der Elfenjunge verneigte sich tief, und Ilke machte einen Knicks. Scha-Ra hatte ihnen beigebracht, wie sie Häuptlinge und Könige begrüßen mussten.

Eramam lachte und tätschelte ihre Köpfe.

»Er ist wie ein Bruder für mich«, sagte er dann. »Alle, die in Scha-Ras Namen zu uns kommen, sind uns willkommen. Ist es möglich, dass uns der alte Zauberer vielleicht auch mit seiner Gegenwart beehrt?«

»Nein, noch nicht«, sagte Arul mit belegter, rauer Stimme.

Eramam war etwas verwirrt wegen der gedrückten Stimmung, doch dann brach ein Lächeln aus ihm heraus.

»Wir haben ein Aquanot gefangen und wollen ein Fest feiern. Scha-Ras Freunde sind unsere Freunde und ich hoffe, ihr esst mit uns«, sagte er dann feierlich.

»Danke, Häuptling Eramam, es ist uns eine Ehre«, antwortete Arul und verneigte sich tief.

»Wir leben hauptsächlich vom Fischfang und dem, was wir anbauen«, erzählte Eramam, während er ihnen den Weg wies. »Ab und zu, wenn das Meer anschwillt und aufs

Land schlägt, bringt es große Meerestiere mit sich. Und wenn das geschieht, veranstalten wir immer ein Freudenfest.« Der Häuptling zwinkerte Arul zu und lächelte.

Die Aharams hatten unterdessen mitten im Dorf lange Tische in Hufeisenform aufgestellt. Arul und die Elfenkinder wurden zu Eramam und seiner Familie gesetzt. Musiker, Jongleure und Tänzer unterhielten sie während des Festmahls. Als alle genug gegessen hatten, klatschte Eramam in die Hände. Augenblicklich verstummte die Musik.

»Ich möchte einen Toast auf unsere geehrten Gäste ausbringen«, sagte der Häuptling.

Er gab Arul, Alak und Ilke ein Zeichen, sich zu erheben. Ein hoher, röchelnder Ton war von allen Versammelten zu vernehmen.

Arul hob seine Pfote und brummte. Er mochte das ganze Aufsehen nicht.

Die Frau des Häuptlings nickte Alak und Ilke zu. »Ich bin Ajandra«, flüsterte sie. »Und das sind unsere Kinder: Mijam, Almam, Pinjar und Sinta.«

Mijam, die Älteste, winkte ihnen und stieß ihren Bruder an, der nickte. Pinjar und Sinta, die nicht älter als vier, fünf Jahre sein konnten, saßen jeweils neben ihrer Mutter.

»Wie alt seid ihr?«, fragte Ajandra und lächelte Ilke an.

»Wir sind zehn«, antwortete Ilke.

»Dann ist Almam so alt wie ihr. Mijam ist elf.«

Ilke beugte sich leicht zu Alak. »Glaubst du, dass alle Mütter eine solch weiche Stimme haben?«, flüsterte sie.

Alak lächelte und nickte.

»Wie geht es Scha-Ra?«, fragte Eramam Arul.

Der wusste nicht ganz, was er sagen sollte.

»Ich hoffe, dass er noch kommen und selbst auf die Frage antworten kann«, sagte der Winterbär deshalb nur. Seine Stimme bebte.

Ilke biss sich vorsichtig auf die Lippe und ihre Augen glänzten tränenfeucht.

Ajandra wies Eramam barsch an: »Lass sie sich doch erst einmal ausruhen!«

Der Häuptling ging zu Arul und umarmte ihn. Er verschwand fast ganz im Pelz des großen Winterbären.

»Ihr seid uns willkommen und könnt so lange bei mir und meiner Familie bleiben, wie ihr wollt.«

Die Aharams warfen ihre Köpfe zurück und stießen erneut diese röchelnden Laute aus.

Alak spürte, wie ein kalter Hauch durch die Luft fuhr. Über ihnen hatte sich eine schwere schwarze Wolke gebildet, so als ob ein Unwetter aufziehen würde. Die Aharams hatten es auch bemerkt und schauten neugierig in die Richtung, aus der der kalte Hauch zu kommen schien. Sie erschraken nicht schlecht, als plötzlich ein Mann im dunklen Umhang und einer Kapuze, die den größten Teil seines Gesichts verdeckte, vor ihnen stand.

»Wollt ihr eine gute Geschichte hören?« Seine Stimme klang seltsam hohl.

Eramam stand auf und sah den Mann forschend an. »Wer seid Ihr, Fremder?«

»Ein Wanderer – und für eine warme Mahlzeit kann ich euch Geschichten aus alter Zeit erzählen. Oder reizen euch Geschichten, die noch nicht das Licht des Morgens gesehen haben?«, fragte der Fremde.

Alak holte Luft. »Bist du einer der Wanderer, von denen Scha-Ra erzählt hat?«

Der Mann wandte seinen Blick Alak zu und lächelte. Der Elfenjunge spürte, wie ihn ein Schauder durchfuhr. Ihm war, als hätte er diesen Mann schon einmal gesehen. Oder war es das, was Scha-Ra über sie erzählt hatte, dass er sich so unbehaglich fühlte?

»Wer seid Ihr?«, fragte Eramam scharf.

»Setzt Euch«, sagte der Wanderer, und der Häuptling folgte seinem Befehl sofort.

Alak war fasziniert: War das wirklich einer der Wanderer, vor denen Scha-Ra ihm erzählt hatte? Die Wanderer konnten spannende Geschichten erzählen und hatten mächtige Zauberkräfte. Vielleicht wusste er sogar, wo Scha-Ra war und ob er noch am Leben war? Vielleicht konnte *er* ihnen weiterhelfen?

Der Mann mit dem Umhang ging zu Ilke.

»Du hast gerade jemanden verloren, der dir nahestand. Und du bist weit gereist.«

Er lächelte und nahm ihre Hand. Sein kalter Blick traf Ilke wie ein Schlag in die Magengrube und ein unangenehmes Gefühl stieg in ihr auf. Sie blickte verzweifelt zu Arul.

Der Winterbär stand auf. »Lasst sie in Ruhe!«, sagte er dann barsch.

Der Wanderer sah ihn kurz an. »Setz dich, Arul«, flüsterte er dann heiser.

Arul tat sofort, wie ihm befohlen wurde.

Alak horchte auf. Woher konnte der Fremde wissen, wie Arul hieß?

»Vielleicht kennt er Scha-Ra und kann uns helfen«, flüsterte er Ilke zu.

Sie sah ihn hoffnungsvoll an, worauf Alak ihr aufmunternd zunickte und lächelte.

Ilke fühlte sich wieder ein wenig sicherer.

Plötzlich flüsterte eine Stimme in Alaks Kopf: »Passt auf!« Sofort wurde ihm schwindlig und er versuchte, die Stimme abzuschütteln. »Vorsicht!«, flüsterte diese noch einmal. Dann war sie fort.

Alak betrachtete den Wanderer genauer. Sollten sie sich vor *ihm* in Acht nehmen? Er war verwirrt.

»Du bist eine ganz besondere kleine Dame«, sagte der Wanderer und sah Ilke durchdringend an. »Du hast etwas vom Frostfürsten Hisch an dir«, fuhr er fort. »Ich kann eine große Hitze sehen, die dich krank macht, und ein Schmuckstück, das abhandenkommt.« Er schloss die Augen und beugte den Kopf. »Eine Kette aus Feuer und Eis.«

»Diese hier?«, fragte Ilke und zeigte das Amulett, das sie von Scha-Ra bekommen hatte.

Blitzschnell packte der Fremde das Amulett und riss es ihr vom Hals. Alak zuckte zusammen. Der Wanderer war ganz sicher kein Freund! Und niemand anders als Scha-Ra hatte ihn gewarnt. Alak kam sich vor wie ein Idiot, weil er Ilke beruhigt hatte.

Doch Ilke war schnell. »Nein!«, rief sie und griff nach seiner Hand. »Das kriegst du nicht!«

Eine zischende Kälte ging von ihr aus, und

die Hand des Fremden verfärbte sich sofort bläulich. Er ließ den Schmuck fallen und Ilke schnappte sich blitzschnell ihr Amulett.

»Du hast mächtige Kräfte«, zischte der Mann sie an und verzog vor Schmerz das Gesicht.

Alak sprang auf den Tisch. »Du hast versucht, den Schmuck meiner Schwester zu stehlen?«, rief er empört.

Doch der Wanderer hörte nicht hin, sondern schaute sich neugierig um. Einige der Aharam-Krieger näherten sich ihm, doch auf eine schnelle Handbewegung des Mannes hin blieben sie wie angewurzelt stehen.

»Ohne den Schmuck bist du nichts«, flüsterte der Fremde Ilke zu.

»Wer bist du eigentlich?«, fragte Alak.

Der Wanderer sah ihn an. »Du weißt also nicht, wer ich bin?«, lachte er trocken. »Ich weiß aber, wer *ihr* seid«, knurrte er und hob Ilke in die Höhe.

Alak griff nach seinem Stab und richtete ihn drohend auf den Mann.

Der Wanderer streckte eine Hand nach ihm aus, als wolle er ihn mit einer Beschwörungsformel aufhalten, doch Alaks Stab traf ihn mit voller Wucht am Kopf. Die Kapuze glitt herunter, er ließ Ilke los und fasste sich an den

Kopf. Das Blut rann ihm übers Gesicht und rasend vor Wut starrte er Alak an.

»Dass du es wagst!«, zischte er. Er wirbelte herum, weil sich die Krieger ihm wieder zu nähern begannen; als hätte die Wunde seine Macht geschwächt. »Wir beide werden uns schon noch wiedersehen«, spuckte er förmlich in Alaks Richtung. »Und was dich betrifft, kleine Schneeprinzessin ...«

»Du krümmst den Kindern kein Haar«, fauchte Arul und packte den Fremden.

Nun kamen auch die Wachen hinzugesprungen.

»Arul, Prinz des Schneereiches, du bist ein Nichts.« Der Wanderer legte seine Arme um den mächtigen Bären, worauf Arul einen leeren Blick bekam und verzweifelt nach Luft schnappte.

Die Wachen des Häuptlings wichen zurück; eine solche Zauberkraft hatten sie noch nie zuvor gesehen.

»Ja, bleibt, wo ihr seid! Bleibt, wo ihr seid, um eurer selbst willen!«, fauchte der Mann.

Nun hob Ilke ihre Hände und Eiseskälte schlug dem Wanderer entgegen.

Der lachte heiser, verwandelte sich vor aller Augen in einen Wassertropfen und löste sich in einer schwarzen Wolke auf.

Arul fiel in sich zusammen, als der Spuk vorüber war.

»Macht dem Winterbären etwas Platz und holt den Medizinmann«, sagte der Häuptling.

Sofort lief einer der Krieger zu einem Zelt am Rande des Lagers und kam mit einem älteren Mann zurück, der einen Beutel trug.

Er beugte sich über Arul und lauschte. »Er ist ohnmächtig«, stellte er fest. Dann öffnete er schnell Aruls Maul und bog seinen Kopf nach hinten, so dass der Bär frei atmen konnte. Flugs holte der Medizinmann ein paar Beeren aus dem Beutel, zerstieß sie in einem Mörser und vermischte sie mit weißen Blumen und Öl. Diese Flüssigkeit flößte er dem Winterbären ein. Rasch kam Arul wieder zu sich.

»Ilke, du blutest«, sagte Mijam plötzlich und wischte ihr Blut vom Hals.

Ilke griff sich in den Nacken. Er tat ihr weh und sie spürte, wie Blut aus einer kleinen Wunde sickerte.

Der Medizinmann untersuchte sie sorgfältig. »Merkwürdig«, sagte er. »Tut das weh, wenn ich vorsichtig draufdrücke?«

Der Schmerz fuhr ihr durch den Nacken und geradewegs in den Kopf. Ilke schrie laut auf.

»Ich mache dir einen Umschlag. In ein paar Tagen sollte es besser sein«, sagte der Medizinmann.

Er rührte einen Kräuterbrei an und strich ihn auf Ilkes Nacken, dann legte er einen Verband an.

»Es tut uns leid«, sagte Eramam zu seinen Gästen. »Wir wissen nicht, wer dieser Mann war und woher er gekommen ist. Ich werde euch zu meinem Zelt begleiten, dort könnt ihr euch ausruhen. Ich bitte euch vielmals um Vergebung, dass euch, unseren Gästen, so etwas geschehen konnte.«

Das Zelt des Häuptlings war sehr geräumig. Alak und Ilke hatten den Schrecken bereits überwunden und schauten sich neugierig überall um.

»Hier schlafen wir«, sagte Mijam und zog an Ilkes Jacke.

»Jetzt musst du unsere Gäste aber in Ruhe lassen«, sagte Eramam und zeigte ihnen einen kleinen Raum. Auf dem Boden lagen Teppiche und große, weiche Kissen.

»Ich glaube, ich werde krank«, sagte Arul, und seine Zähne klapperten beim Sprechen. »Der Fremde hatte böse Kräfte.«

»Du hattest recht«, sagte Alak zu ihm.

»Scha-Ra hat uns gewarnt. Der Wanderer war ein Feind.«

»Ich fühle mich so kraftlos«, sagte Arul noch einmal leise und ließ sich auf das Kissenlager sinken. Binnen weniger Sekunden war er eingeschlafen. Alak und Ilke legten sich wortlos und voller Sorge neben ihn. Sie hielten den großen Bärenkörper umschlungen, so wie er sie immer hielt, wenn sie froren oder krank waren.

»Ich wünschte, Scha-Ra wäre jetzt hier«, sagte Ilke leise.

Alak nickte und dachte an den Fremden. Scha-Ra hatte ihnen erzählt, dass es viele Mächtige in Aldra gab, die nicht wollten, dass sie die Prophezeiung erfüllten. Er war sich sicher, dass der Fremde einer von ihnen war.

Völlig erschöpft fiel er dann ebenfalls in den Schlaf.

# Scha-Ras Rückkehr

Alak wachte als Erster auf. Er rieb sich die Augen und blinzelte zum Zelteingang. Dort saß jemand und sah zu ihnen herüber. Wegen der Sonne, die ihn blendete, konnte er jedoch nicht ausmachen, wer es war.

»Erkennst du mich nicht wieder?«, fragte jetzt eine vertraute Stimme.

»Scha-Ra!«, rief Alak. Er sprang auf und warf sich in die Arme des alten Zauberers.

Arul und Ilke erwachten ebenfalls und bald lagen alle in einem Knäuel auf dem Boden.

»Immer mit der Ruhe!«, japste Scha-Ra atemlos. »Ihr erdrückt mich ja.«

Arul erhob sich etwas beschämt. Er hatte vergessen, dass er mehrere Hundert Kilo wog. Scha-Ra setzte sich wieder auf und nahm Alak und Ilke auf den Schoß.

»Wie …? Was ist passiert?«, begann Arul.

»Ich habe seinen Widerstand unterschätzt«, sagte der Zauberer ernst. »Tarkan hat angefangen, Kräfte zu sammeln, weil er uns aufhalten wollte. Mit unserer Reise durch Aldra beginnt sich ja die Prophezeiung zu erfüllen. Der Fluss war verzaubert, das spürte ich gleich.

Und damit er Ilke wieder hergeben würde, forderte ich die Mächte des Flusses heraus. Mehrere Tage musste ich kämpfen, bevor mich die Fluten wieder freigaben. Der hier leistete mir dabei hervorragende Dienste«, sagte Scha-Ra und strich über seinen Zauberstab. »Er hielt mich nämlich über Wasser. Als ich endlich an Land kam, konnte ich mich bei einem freundlichen Bauern ausruhen, der mir zu essen gab und einen Ort zum Schlafen. Er gab mir sogar ein Reittier, als ich weiterreisen wollte, und hier bin ich also, in El-Elem.«

»Es ist höchste Zeit, dass du zurückgekommen bist. Ich war mir nicht sicher, ob wir es ohne dich schaffen würden«, sagte Arul und lächelte.

»Du warst dir nicht sicher?«, fragte Ilke.

Arul sah betreten unter sich, was Scha-Ra zum Lachen brachte.

»Eramam berichtete mir, dass ein Wanderer versucht hat, Ilkes Amulett zu stehlen«, sagte Scha-Ra dann jedoch ernst.

»Ich habe ihn aufgehalten«, berichtete Alak.

»Und ich!«, fiel Ilke ein.

Alak wollte gern von der Stimme in seinem Kopf erzählen, ließ es aber sein. Das war ja zu dumm. Alak hoffte, dass sie nicht wieder auftauchen würde.

Arul sah beschämt zu Boden. »Ich habe versucht, ihn aufzuhalten, aber … es ist mir irgendwie nicht gelungen.«

Scha-Ra strich Arul über den Kopf. »Darüber brauchst du nicht unglücklich zu sein. Dieser Fremde war kein gewöhnliches Wesen und schon gar kein Wanderer. Er hatte große Zauberkräfte, deshalb konntest du nichts machen. Es war Tarkan, dem ihr begegnet seid …«

Alak und Ilke schauten einander erschrocken an.

»Wir dachten, Tarkan wäre eine Art Ungeheuer«, sagte Ilke dann unsicher.

»Er ist ein Ungeheuer – tief in seinem Innern«, sagte Scha-Ra. »Bosheit zeigt sich aber selten im Äußeren, wisst ihr? Offensichtlich weiß er, wo wir sind, und beobachtet uns wohl schon länger. Er hatte gehofft, dass die Mächte des Flusses mich solange zurückhalten würden, bis er euch unschädlich gemacht hätte. In dem Moment, als der Fluss mich in die Tiefe zog, konnte ich die Gedanken der Macht lesen, deshalb bin ich mir so sicher. Gut, dass ihr meine Warnung gehört habt und so nicht ganz unvorbereitet wart.«

»Es hat etwas gedauert … bis ich die Warnung verstanden habe«, sagte Alak leise.

Scha-Ra klopfte ihm auf die Schulter. »Alles

braucht seine Zeit. Du hast dir die Zeit genommen. Du hast das getan, was du tun solltest.«

»Du hast gesagt, dass die Prophezeiung bereits begann, in Erfüllung zu gehen, als sich Tarkan gezeigt hat«, sagte Alak und dachte daran, was Scha-Ra ihnen in Tarkans Thronsaal erzählt hatte. »Aber wieso ließ er dann von uns ab, wenn er doch fast am Ziel war?«

»Ich weiß es nicht, vielleicht spürte er, dass ich in der Nähe war. Und als ihr euch gewehrt habt, wurde es für ihn zu schwierig. Er konnte nicht gegen euch alle auf einmal kämpfen und gleichzeitig die völlige Kontrolle behalten. Er ist noch nicht stark genug. Er hat lange im nördlichen Reich gelebt und Wissen gesammelt. Nun ist er hierhergekommen, um Kraft zu sammeln. Mit jedem Tag, der vergeht, wird er stärker. Wir müssen ihn aufhalten, bevor er zu mächtig wird.«

»Wie können wir ihn aufhalten?«, fragte Ilke.

»In der *Phenomena* steht: ›Dann sollen die Auserwählten ins Landesinnere reisen, um den Weinenden Mond zum Halten zu bringen‹«, sagte Scha-Ra.

Arul nickte, er erinnerte sich, dass der Zauberer ihm die Stelle vorgelesen hatte.

»Was bedeutet das?«, fragte Ilke.

»Zunächst müssen wir den Weinenden Mond zum Halten bringen. Weinender Mond ist übrigens ein anderer Name für den Regen der Efraïber-Quelle. Dort bekommt Tarkan durch ein Loch im Himmel seine Kräfte«, sagte Scha-Ra.

»Den Regen anhalten? Wie sollen wir das denn machen?«, wunderte sich Alak.

»In der Prophezeiung steht, dass es aufhören wird zu regnen, wenn die Auserwählten singen«, erklärte Scha-Ra.

»Singen?«, Alak begann zu lachen.

»Zauberei«, sagte Arul und verdrehte die Augen.

»Das Meilenzeichen für ›Singen‹ kann auch ›Musik‹ oder ›Töne‹ bedeuten«, fuhr Scha-Ra fort und schaute Arul streng an.

»Weißt du, welches Lied wir singen sollen, wenn wir dort sind?«, fragte Ilke.

»Nein«, sagte Scha-Ra. »In der *Phenomena* steht, dass die Auserwählten die Himmelspforte mit einem Gesang, der von innen kommt, verschließen werden. Mit einem Gesang, der seit eurer Geburt in euch steckt.«

»Etwas, das wir schon können?«, fragte Ilke. »Wir können nur das eine Lied singen, das du uns beigebracht hast, Scha-Ra! Das über die Grasebene bei Gredom.«

»Hört sich nicht zauberhaft an«, sagte Alak.

»Ehrlich gesagt: Ich weiß es nicht«, seufzte Scha-Ra. »Seit ihr klein wart, habe ich jeden Abend in dem Buch gelesen, aber noch immer keine Antwort darauf gefunden. Es kann sein, dass ihr das Lied kennt, ohne es zu wissen. Die Prophezeiung wird euch beistehen, wenn die Zeit gekommen ist.«

»Wenn es so wichtig ist, sollten wir es aber kennen, bevor wir dort ankommen«, sagte Arul voller Sorge.

»Ich werde versuchen, etwas herauszufinden, bevor wir zur Efraïber-Quelle kommen, doch selbst ich weiß nicht alles«, lächelte Scha-Ra. »Einige Dinge versteht man erst im Nachhinein. Aber gerade jetzt sind ganz andere Dinge wichtig, die wir bedenken sollten. Auch wenn Tarkan noch nicht stark genug ist, müssen wir vorsichtig sein. Deshalb ist es wichtig, dass wir zusammenhalten. Seine Zauberkraft ist begrenzt, er kann zwar Erwachsene kontrollieren, aber keine besonders große Menge. Über Kinder hat er nicht dieselbe Zauberkraft. Deshalb konnte Arul nichts tun, Alak aber schon.«

Arul sah erleichtert aus.

»Eramam erzählte mir, dass Tarkan als Wassertropfen in einer dunklen Wolke verschwand«, sagte Scha-Ra.

»Ja, aber zuerst habe ich ihn gefrieren lassen«, erzählte Ilke.

Scha-Ra lachte und strich ihr über den Kopf. »Ja, da bekam er es wohl mit der Angst, denke ich.« Dann wurde der Zauberer auf den Verband aufmerksam, den Ilke im Nacken hatte. »Was hast du denn da?«, fragte er.

Das Elfenmädchen erzählte, was passiert war, und dass der Medizinmann einen Verband gemacht und ihn auf die Wunde gelegt hat.

Scha-Ra hob den Verband vorsichtig an, um sich die Wunde anzusehen.

»Nicht anfassen!«, flüsterte Ilke, die sich an den fürchterlichen Schmerz erinnerte.

»Ich kann mir das heute Abend etwas genauer anschauen, wenn wir die Wunde neu verbinden«, sagte Scha-Ra. »Nun wird gegessen.«

Sie frühstückten auf einer großen Decke vor dem Zelt. Die Sonne ließ den See in Rot und Gelb schimmern. Dazu peitschte der Wind das Wasser und ließ weiße Schaumkronen auf den Wellen tanzen.

Scha-Ra hatte einen Windschutz aufgestellt, damit der Wind ihnen nicht Sand auf das Essen wehte.

»Ist es immer so windig hier?«, wollte Arul wissen.

»Das sind die Sommerstürme. Sie lassen aber in ein paar Monaten nach. Dann kommt ein angenehm kühler Wind«, erklärte Scha-Ra. Er schaute Alak und Ilke an, die in ihrem Essen herumstocherten. »Ihr müsst essen, bevor euch Arul alles wegisst.«

Arul, der den Mund voll hatte, schaute Scha-Ra beleidigt an.

»Mir geht so viel im Kopf herum, da sind so viele Fragen«, sagte Alak unvermittelt.

Ilke nickte. Ihr ging es genauso.

Scha-Ra legte seine Arme um die Elfenkinder und hielt sie umarmt. »Ihr werdet auf dieser Reise auf viele eurer Fragen eine Antwort bekommen. Macht euch nicht so viele Sorgen! Ihr werdet unterwegs Hilfe bekommen, um die richtigen Entscheidungen treffen zu können«, sagte er beruhigend.

Am Abend veranstalteten Eramam und Ajandra ihnen zu Ehren ein Fest. Ein großes Feuer wurde entfacht und die Aharams versammelten sich, um gemeinsam zu tanzen und zu essen.

»Meine Freunde«, dröhnte Eramam, als er ihnen entgegenkam und streckte seine Arme aus, um sie alle zu umarmen.

Arul wich ihm jedoch aus, er hatte genug von den vielen Umarmungen.

»Wenn die Festlichkeiten vorüber sind, müssen wir einmal ernsthaft miteinander reden«, sagte Scha-Ra leise zu Eramam.

Der nickte und lachte. »Aber zuerst feiern wir, mein Freund, und dann sehen wir weiter, schlage ich vor!«

»Es ist wirklich ernst«, sagte Scha-Ra. »Vielleicht sollten wir zuerst reden?«

»Nein, lass uns das später tun. Ernste Dinge sollte man stets in guter Stimmung und mit vollem Magen bereden«, sagte Eramam.

Ajandra hatte sämtliche Kinder des Lagers ans Ende der langen Tafel gesetzt. Nun wandte sie sich Alak und Ilke.

»Habt ihr Lust, mit unseren Kindern zusammenzusitzen?«, fragte sie freundlich.

Die Zwillinge schauten zu den anderen Kindern, die aßen, schrien und um den Tisch tanzten. Ilke nickte sofort; nur Alak blieb stehen, ohne etwas zu sagen; er wollte am liebsten in der Nähe von Scha-Ra und Arul bleiben. Nach all dem, was geschehen war, fühlte er sich nicht mehr sicher – bei niemandem.

»Ihr habt gestern schon Mijam und Almam kennengelernt, nun könnt ihr auch die anderen Kinder kennenlernen«, sagte Ajandra und streichelte Alak über die Wange.

»Komm«, sagte Ilke und nahm Alaks Hand. Dann lehnte sie sich zu ihm und flüsterte ihm ins Ohr: »Wir verhauen sie, wenn sie blöd sind.«

Alak grinste. »Quatschkopf!«

Das Fest dauerte bis in die Nacht und war das schönste, das Alak und Ilke jemals erlebt hatten. Vergessen waren Tarkan und alle Unannehmlichkeiten der letzten Tage. Mijam brachte Ilke das Tanzen bei und Almam zeigte Alak, wie man Nüsse auf die Erwachsenen warf, ohne entdeckt zu werden.

Die Nacht war unbemerkt gekommen und hatte sich sachte über das Lager gelegt. Der Sand war immer noch warm, doch der Wind und die Luft begannen, kühler zu werden.

Ajandra schickte ihre Kinder ins Bett, und die anderen Eltern taten das Gleiche. Zum Schluss waren, von Alak und Ilke abgesehen, nur noch Erwachsene übrig.

»Sollen wir nicht auch schlafen gehen?«, fragte Alak.

Scha-Ra schaute umher, um sich zu vergewissern, dass ihn niemand hörte. »Ich habe ein wichtiges Gespräch mit Eramam und möchte, dass ihr mit dabei seid.«

»Hat es mit der Prophezeiung zu tun?«, flüsterte Alak.

Scha-Ra nickte. Er drehte sich zu Eramam und flüsterte ihm etwas zu. Dann winkte er Alak und Ilke zu sich. Arul setzte seinen Becher ab und stand auf. Gemeinsam gingen sie über den Platz und ins Ratszelt.

Es war dunkel. Eramam zündete einige Öllampen an und bedeutete ihnen, sich auf die Kissen auf dem Boden zu setzen. Alak spürte, wie ihm die Augen zufielen, doch Ilke zwickte ihn in den Oberschenkel, so dass er mit einem kleinen Schrei auffuhr.

»Pst!«, sagte Scha-Ra und hielt sich den Finger vor den Mund.

Alak schaute zornig zu Ilke, die so tat, als wüsste sie gar nicht, worum es ging.

Die Zeit schlich dahin, während die Erwachsenen miteinander sprachen. Ilke wurde langsam, aber sicher auch müde. Der Tag war lang gewesen.

»Tarkan ist zurückgekommen und du weißt, was das bedeutet«, sagte Scha-Ra zu Eramam.

Der nickte. »Wenn es Krieg gibt, scheint es

da nicht natürlich, dass die Himmelsfürsten das Volk sammeln?«, fragte er.

»Ich bin nicht hierhergekommen, um das Aharam-Volk auf den Krieg vorzubereiten«, sagte Scha-Ra.

»Aber warum seid ihr dann hierhergekommen?«, fragte Eramam. »Du warst doch seit ich fünfzehn Sommer alt war nicht mehr hier bei uns.«

»Wir wollen zur Efraïber-Quelle, und ich dachte, wir könnten von dir Hilfe bekommen, um zuerst nach Emblaz und von dort aus weiterzukommen. Dieser Krieg wird anders als alle, die wir bisher erlebt haben. Die Prophezeiung von den Auserwählten soll in Erfüllung gehen.«

»Die Auserwählten?« Eramam sah zu Scha-Ra auf. »Ist also die Zeit für die letzte Auseinandersetzung mit Tarkan gekommen?«

Scha-Ra nickte.

»Bleib wach!«, flüsterte die Stimme in Alaks Kopf. Er versuchte sie wegzuschütteln, aber sie ließ sich nicht verscheuchen. »Du musst dich wach halten!«, sagte sie ernst.

Alak sah, dass Ilke mit den Augen blinzelte, doch er musste sich darauf konzentrieren, was die Erwachsenen sagten.

»Ich bin der Träger der *Phenomena* und nun

trage ich auch die Verantwortung für die Auserwählten. Wir müssen zur Efraïber-Quelle, um dort den Regen aufzuhalten und die erste Prophezeiung zu erfüllen.«

»Die Verantwortung für die Auserwählten?« Eramam sah Scha-Ra fragend an.

Scha-Ra wies mit dem Kopf auf Alak und Ilke.

»Die beiden?« Eramam betrachtete die beiden Elfenkinder ungläubig. »Sie sind aber noch so jung!«, flüsterte er dann.

»Die Prophezeiung muss erfüllt werden, solange sie noch Kinder sind und ein unschuldiges Gemüt und reine Gedanken besitzen«, sagte der alte Zauberer, »bevor Tarkan Macht über sie bekommen kann.«

»Wieso ist er das Risiko eingegangen, sich mitten im Lager zu zeigen und zu versuchen, Ilkes Schmuck zu stehlen, wenn er doch weiß, was ihr vorhabt? Wäre es nicht besser gewesen, auf eine günstigere Gelegenheit zu warten?«, fragte Eramam.

»Diese Frage hat mich auch beschäftigt«, sagte Scha-Ra. »Ich verstehe nicht, warum Tarkan versuchte, den Schmuck an sich zu bringen. Er hätte eigentlich wissen müssen, dass er dazu noch nicht stark genug ist. Andererseits dürfen wir nicht vergessen, dass er vom König in den nördlichen Königreichen Unterstützung erhält und dass es auch hier im Süden viele gibt, die bereit sind, ihm zu folgen. Der einzige Grund, warum der König aus dem Norden nicht in Aldra einfällt, ist, dass er unsicher ist, *wie viel* Unterstützung Tarkan hier bekommt. In dem Augenblick, wo es Tarkan gelingt, genug Verbündete zu sammeln, wird der König im Norden seine Truppen schicken.«

Eine Weile schwiegen die Männer. Der Wind strich über den Sand und die Öllampen flackern auf der Zeltwand.

Eramam unterbrach die Stille. »Wie lange wollt ihr bleiben?«

Scha-Ra lächelte. »Eigentlich hatte ich so lange bleiben wollen, bis die Sommerstürme vorüber sind und das Meer sich beruhigt hat, doch jetzt müssen wir täglich auf der Hut sein.« Er stand auf und betrachtete die Kinder: Alak, der versuchte, sich wach zu halten, und Ilke, die den Kopf in seinen Schoß gelegt hatte und schlief. »Wir müssen die Zwillinge ins Bett bringen. Danke für den sehr schönen Abend«, sagte Scha-Ra und umarmte Eramam.

Sie trugen die Kinder zum Zelt zurück. Scha-Ra legte Ilke auf die Seite und nahm ihr den Verband ab. Die Wunde hatte sich verfärbt, war fast schwarz, und eine klare Flüssigkeit lief heraus. Arul kam mit einer Schüssel warmen Wassers und einer Wundsalbe herein. Scha-Ra nahm einen Lappen und begann, die Wunde zu reinigen. Ilke wimmerte im Schlaf.

»Wie sieht es aus?«, fragte Alak.

»Gut … gut«, sagte Scha-Ra zögernd. »Schlaf jetzt.«

Alak drehte sich um und versuchte einzuschlafen, doch irgendetwas war anders an Scha-Ras Stimme. Hatte er gelogen? Gab es etwas, das er ihnen verheimlichte? Wollte er ihn schonen? In dieser Nacht war Alaks Kopf voll von all dem, was er gehört hatte, und er schlief sehr unruhig.

Am nächsten Tag gingen alle Kinder an den Strand. Almam war der Erste, der sich ins Wasser warf, die anderen folgten ihm dicht auf den Fersen. Sie stürzten sich kopfüber in die Wellen. Es war ein Wirrwarr von Armen und Beinen, als die Wellen sie ergriffen und wieder an Land warfen.

Alak und Ilke hatten noch nie im Meer gebadet und die hohen Wellen sahen bedrohlich aus. Mijam stand bis zur Hüfte im Wasser und rief fröhlich nach ihnen.

»Was ist, wenn uns die Wellen unter Wasser ziehen? Wir können nicht schwimmen!«, rief Alak zurück.

»Jetzt komm schon!«, rief Almam. »Es ist nicht tief.«

»Kannst du mit dem Verband im Nacken baden gehen?«, fragte Alak seine Schwester.

Sie fühlte nach der Wunde. Die Schwellung war zurückgegangen und es tat nicht mehr so weh. »Kannst du mir helfen, den Verband abzumachen?«, fragte sie.

Alak nickte.

»Wie sieht es aus?«, fragte Ilke.

»Wie ein großer blauer Fleck.«

»Da kann ich ja wohl baden gehen, oder«, sagte Ilke und lächelte.

»Komm, dann werfen wir uns hinein.«

Sie liefen zu den anderen und sprangen in die Wellen. Alak fand es angenehm, durch das kalte Wasser zu gleiten, strampelte kräftig mit den Beinen und paddelte mit den Armen. Luftblasen glitten über sein Gesicht, und er öffnete die Augen. Das Licht, das die Wasseroberfläche brach, war weich und schön. Der Meeresgrund war mit Tang bedeckt, und kleine Fische schossen – auf der Suche nach Nahrung oder um nicht selbst gefressen zu werden – durch das Seegras. Alak mochte das salzige Meer, es war heller und klarer als der Merihba-See. Er stieß sich ab, legte die Hände an die Seiten und wand sich wie ein Fisch hin und her. Er fühlte, dass er nach oben und Luft holen musste, seine Lungen platzen fast. Er drehte den Kopf zum Licht. Als er an die Wasseroberfläche kam, sah er die anderen in weiter Ferne. Er war unter Wasser ein gutes Stück hinausgeschwommen, weiter, als er gedacht hatte. Er hörte die anderen rufen, winkte ihnen zu und schwamm in Richtung Ufer.

»Ich dachte, du kannst nicht schwimmen«, sagte einer der Jungen zu ihm.

Alak lachte. »Das dachte ich auch. Ich weiß nicht, was los war, aber es hat wirklich Spaß gemacht.«

»Spaß gemacht?«, sagte Mijam. »Du bist geschwommen wie ein Fisch. Du bist viel besser als wir alle, die wir hier wohnen und schwimmen, seit wir laufen können.«

Alak spürte, dass er rot wurde. Mijam lächelte ihn an, worauf der Elfenjunge nur noch röter wurde.

»Wollen wir nach Krebsen tauchen?«, fragte Almam.

Alle warfen sich wieder ins Wasser, nur Alak und Mijam blieben stehen und schauten einander an. Schließlich ging Mijam zu Alak und knuffte ihn.

»Ich mag dich«, sagte sie, drehte sich um und verschwand unter Wasser.

Die Zeit bei den Aharams flog dahin. Scha-Ra gab Alak und Ilke gnädigerweise nur ein paar Stunden Unterricht täglich, den Rest des Tages spielten sie. Ilke war, nach dem, was sie in Tarkans Thronsaal erlebt hatten, im Lernen der Meilenzeichen besser geworden. Sie hatte verstanden, warum Scha-Ra sie ihnen beibringen wollte und wie wichtig es war, sie zu beherrschen. Die Kinder der Aharam sahen den Zwillingen immer zu, wenn sie ihre Zauberei übten. Sie versuchten immer noch, Dinge anzuheben und in der Luft zu halten. Alak hatte mittlerweile begonnen, schwere Dinge zu schieben. Und ab und an, wenn Ilke etwas anzuheben versuchte, stieß er sie, um sie aus der Fassung zu bringen. Ilke hatte entdeckt, dass sie, wenn sie sich konzentrierte, Schnee machen konnte.

»Dafür könnten wir in der Wüste Verwendung finden«, sagte Scha-Ra und erzählte ihnen, dass sie durch die Wüste Hada reisen müssten, um zur Efraïber-Quelle zu gelangen.

Wenn sie mit dem täglichen Unterricht fertig waren, gingen die Zwillinge mit den anderen Kindern rund um den Pülk-See und in den Sanddünen auf Entdeckungsreise. Mijam und Almam brachten ihnen bei, mit dem Speer Zehrfisch aufzuspießen und Süßwasserquellen unter dem Sand zu finden.

Außerhalb des Lagers gab es ein großes Gehege mit Reittieren. Eines Tages ging Mijam zu den Männern, die sich um die Tiere kümmerten, und fragte, ob Alak und Ilke versuchen dürften zu reiten.

Ein großer und kräftiger Bursche namens Mahma schlug sich auf die Schenkel und lachte, dass sein langer Bart bebte. »Ihr seid wirklich noch nie auf einem Ahmel geritten? Das kann ja lustig werden.«

Alak verstand nicht, was daran so komisch sein sollte. Nur weil alle im Dorf von klein auf reiten konnten, war das noch lange kein Grund, ihn auszulachen!

Mahma zeigte ihnen ein kleineres Gehege mit einigen Tieren. Er kletterte über das Gatter und pfiff. Die Tiere spitzten die Ohren und kamen angelaufen.

»Sie kommen sofort, wenn sie glauben, dass es etwas zu fressen gibt«, sagte er und lächelte. Er hielt etwas Heu hin und legte dann einem Tier Zaumzeug an.

»Wer will zuerst?«

Ilke trat nach vorn und Mahma hob sie hoch.

»Halt nur schön die Zügel straff«, sagte er und zeigte es ihr. »Press die Beine eng an seinen Körper, damit du nicht herunterfällst. Aber hab keine Angst; die Ahmele sind ruhige Tiere.« Er gab dem Ahmel einen Klaps.

Das Reittier begann loszutraben. Mahma rief Ilke zu, dass sie den Zügel auf der einen Seite anziehen sollte, wenn sie umdrehen wolle.

»Wie kann ich es dazu bringen, schneller zu laufen?«, rief sie.

Mahma lachte laut auf. »Das ist die richtige Einstellung, mein Mädchen! Press die Beine gegen die Flanken des Tieres, und wenn es anhalten soll, ziehst du hart an den Zügeln«, rief er ihr zu.

Alak hörte aufmerksam zu, er wollte sich nicht blamieren, wenn er an die Reihe kam.

Ilke ritt sicher auf sie zu und brachte das Ahmel vor Mahma zum Stehen. Er übernahm die Zügel und hielt das Tier ruhig, während er Ilke herunterhalf.

»Und jetzt bist du dran«, sagte Mahma dann munter zu Alak und half ihm hinauf. Es war einfacher, als der Junge gedacht hatte:

Das Ahmel trabte ruhig an. Er ließ es zuerst nach rechts und dann nach links laufen. Plötzlich blieb es jedoch stehen und schnupperte. Etwas bewegte sich leicht im Gras. Das Ahmel erschrak und machte eine Kehrtwendung. Alak versuchte verzweifelt, das Tier zum Anhalten zu bewegen, doch statt zu gehorchen, ging es mit Alak durch. Er schlang die Arme um den Hals des Ahmels und hielt sich krampfhaft fest. Sie galoppierten direkt auf die Umzäunung zu. Alak schloss die Augen, als das Ahmel Anlauf nahm und sprang. Einen Augenblick schwebte er hoch in der Luft, dann merkte er, dass er sich nicht mehr am Hals des Tieres festhielt, und landete unsanft auf dem Boden.

Mahma und die Kinder kamen herbeigestürzt.

»Sieht nicht so aus, als ob du dir etwas gebrochen hast. Du hattest Glück, dass du im weichen Gras gelandet bist.« Mahma half Alak auf und klopfte Gras und Sand von ihm ab.

»Das Ahmel muss sich vor etwas erschreckt haben. Willst du es noch mal versuchen?«

Alak schüttelte den Kopf. »Ich habe genug für heute, ich fühl mich nicht so gut.«

»In Ordnung, aber komm morgen wieder, dann versuchen wir es noch einmal. Es ist nicht gut, wenn du vor einem Tier Angst hast, das du später vielleicht einmal reiten musst.« Er strich Alak über den Kopf und lief los, um das durchgegangene Tier wieder einzufangen.

»Wie ging's?«, fragte Mijam.

»Mir ist etwas schwindlig und ich hab mir den Ellenbogen gestoßen, aber sonst geht es schon«, sagte Alak. »Es hat sich vor etwas im Gras erschreckt. Vielleicht vor einer Schlange?«

»Lasst uns nachschauen!«, schlug Ilke vor, und ohne auf eine Antwort von den anderen zu warten, lief sie los, um nachzuschauen, was das Ahmel erschreckt hat.

»Aber wenn sie noch da ist!«, rief Mijam.

»Komm schon, sei kein Feigling, vielleicht können wir sie ja fangen«, meinte einer, und alle liefen Ilke hinterher.

Mijam blieb stehen. »Und wenn sie giftig ist?«, sagte sie leise und sah Alak an.

Dem Elfenjungen wurde plötzlich heiß. In Mijams Augen glitzerten kleine Funken. Alaks Herz klopfte wild und seine Hände wurden feucht.

»Wollen wir … zu den anderen laufen?« Mijam lächelte aufmunternd und ging voraus.

Alak ging neben ihr her, ohne ein Wort zu sagen. So hatte er sich noch nie gefühlt.

Sie warf ihm einen kurzen Blick zu und nahm dann seine Hand. Alak erstarrte, es fühlte sich an, als ob sein Herz gleich aus dem Körper springen würde. Erschrocken riss er sich von Mijam los und ging ein paar Schritte von ihr weg.

»Das ist unvernünftig«, stammelte er.

»Was ist unvernünftig?«, fragte sie und näherte sich ihm mit einem merkwürdigen Lächeln.

»Ich glaube, ich werde krank«, sagte Alak. »Mir ist heiß und …«

»Lass mich mal fühlen!«, sagte Mijam ernst und legte ihm die Hand auf die Stirn. Dabei schaute sie ihm direkt in die Augen. In ihrem Blick war wieder dieses Funkeln, das seinen Magen zum Kribbeln brachte. Alak wusste nicht, wohin mit sich. Am liebsten wäre er davongelaufen! Doch bevor er irgendetwas machen konnte, beugte sie sich vor und gab ihm einen Kuss auf den Mund.

Alak verlor das Gleichgewicht und fiel ins Gras.

Einen Augenblick stand Mijam über ihm und lächelte, dann lief sie davon.

Er blieb sitzen und schaute ihr nach. Ein warmes und schönes Gefühl durchströmte ihn, und er wusste nicht, ob es daran lag, dass sie ihn geküsst hatte oder dass sie fortgelaufen war. Er stand auf und ging langsam zu den anderen.

Aufgeregt rief ein großer Junge mit Sommersprossen nach den anderen. Die Kinder strömten herbei, und der Junge zeigte auf etwas am Boden. Alak lief aufgeregt zu ihnen.

»Das ist ja wohl keine Schlangenspur«, schnaubte Almam.

»Nein«, sagte der Junge, »aber es ist merkwürdig.«

Er deutete auf den Pfad aus vertrocknetem Gras, der sich durch die grüne Wiese zog und zum Wald hinführte. Es roch scharf und die Luft war kalt.

Alak fühlte mit der Hand den Boden. »Er ist feucht«, sagte er.

»Kommt, wir folgen der Spur und sehen, wo sie hinführt«, schlug Ilke vor.

Sie folgten dem Pfad in den Wald, wo er sich dann im Gestrüpp verlor. Die Luft wurde immer kälter.

Die Kinder blieben stehen, sie schauerten und fröstelten in der Sommerhitze.

»Wir spielen etwas anderes«, sagte Mijam plötzlich und schubste Alak. »Du bist dran.«

Dann rannten alle in dem hohen Gras zurück.

Mitten im Laufen hielt Alak inne. Er hatte das sichere Gefühl, dass ihn jemand beobachtete. Erschrocken drehte er sich um. Etwas bewegte sich zwischen den Bäumen, und eine Gestalt glitt aus dem Schatten der Stämme. Es war das schwarze Pferd mit dem Ritter im schwarzen Umhang. Dieser starrte ihn bewegungslos an, dann wendete er sein Pferd und verschwand zwischen den Bäumen.

Alak war wie gelähmt. Das war der Ritter, den er am Merihba-See gesehen hatte. Mit einem Mal wurde ihm bewusst, dass er ganz allein dort stand. Die anderen waren nirgendwo mehr zu sehen. Der Elfenjunge warf einen letzten Blick in Richtung Wald, bevor er den anderen folgte.

# Die Luftpropheten

Der Wind bewegte leicht die Zeltwand. Das Licht der Öllampe tanzte auf der Zeltwand und zeichnete dunkle Schatten. Alak und Ilke hatten gerade Almam und Mijam Gute Nacht gesagt und sich unter ihre Decken gelegt, als sie von draußen Stimmen hörten. Scha-Ra schob den Vorhang beiseite, der den Schlafraum vom Rest des Zeltes trennte.

»Hier ist jemand, der euch sehen möchte«, sagte er leise.

Er ließ drei Männer in grell leuchtenden Gewändern hereinkommen. Sie knieten vor den Elfenkindern nieder und neigten ihre Köpfe ehrfurchtsvoll.

»Seid gegrüßt, Ihr Auserwählten! Wir sind die Luftpropheten aus dem Akéres-Tal nördlich des Hebal-Gebirges.«, sagte einer von ihnen. Die anderen beiden nickten feierlich.

Scha-Ra trat mit Arul näher. »Sie sind vom Volk der Azul aus dem Süden des Landes und hierhergekommen, um euch zu sehen«, erklärte er den erstaunten Zwillingen. »Das sind Alak und Ilke«, sagte er zu den Luftpropheten und bedeutete beiden, die Männer zu begrüßen.

»Ich bin Zazasar«, sagte der eine der Luftpropheten. »Und das sind Naomin und Altaz.«

Die beiden anderen verneigten sich höflich.

»Wir sind mit Gaben zu Euch gekommen«, sagte Altaz, holte eine kleine silberne Schatulle hervor und stellte sie vor die Elfenkinder. »Das ist eine Salbe von den Herrschern der Lüfte. Sie heilt alle Wunden und alle Krankheiten.«

»Mein Geschenk ist das Verstehen«, sagte Naomin und holte etwas hervor, das wie eine Seifenblase aussah. »Es ist die Gabe, zu allen Geschöpfen, die Weha geschaffen hat, sprechen zu können und sie zu verstehen.«

Die Blase platzte, und sogleich erfüllte ein schwacher Waldduft das Zelt. Alak wurde es ein wenig schwindlig.

Ilke kicherte. »Das ist eine merkwürdige Gabe – die ist ja geplatzt«, sagte sie.

Naomin sah sie an. »Sie entscheidet selbst, für wen sie bestimmt ist. Und sie hat sich für Alak entschieden.«

Ilke warf Alak einen kurzen Blick zu, doch der zuckte nur mit den Schultern.

Naomin sprach weiter, doch der Elfenjunge konnte nicht mehr zuhören. Die Luft zitterte von Tönen, die er noch nie gehört hatte. Er sah zu Ilke, doch die hörte Naomin weiter gespannt zu. Er hörte ein intensives Geräusch aus ihrer Richtung – ein Knirschen. Er schüttelte den Kopf, doch das Geräusch blieb. Dann schloss er die Augen und konzentrierte sich. Erst jetzt verschwand das Geräusch langsam.

»Diesen Umhang hat Amyrst aus ihren Tränen gewebt, als sie aus der heimlichen Stadt verbannt wurde«, berichtete Zazasar und legte einen schlichten Umhang vor sie. Ilke strich ehrfürchtig darüber. Er war leicht wie Luft, und der Stoff wogte unter ihren Fingern.

»Wer war Amyrst?«, fragte das Elfenmädchen.

»Tarkans Frau, von der ich euch erzählt habe«, flüsterte Scha-Ra ihr zu.

»Oh!«, sagte Ilke und sah zu Zazasar. »Er ist wunderschön!«

Zazasar schob den Umhang näher an sie heran. »Amyrst liebte Tarkan von ganzem Herzen, doch die Liebe machte sie blind«, sagte er und lächelte vorsichtig. »Wenn Ihr ihn Euch umlegt, werdet Ihr unsichtbar.«

Alak schaute sie an. »Du willst ihn doch wohl nicht ganz für dich allein behalten, oder?«, flüsterte er.

Ilke lächelte und zuckte mit den Schultern.

»Nun ist für die Kinder aber wirklich Schlafenszeit«, sagte Scha-Ra und erhob sich. »Wie geht es deinem Nacken?«, fragte er Ilke. »Ich sehe, du hast den Verband abgenommen.«

Ilke nickte. »Ich hab ihn abgemacht, als wir schwimmen gingen.«

Sie drehte sich so herum, dass Scha-Ra ihren Nacken betrachten konnte. Er beugte sich über das Elfenmädchen und strich vorsichtig über die blaue Stelle.

»Tut das weh?«

Ilke schüttelte den Kopf. »Der Nacken ist nur etwas steif und ich habe Kopfschmerzen«, sagte sie und zog eine Grimasse.

Scha-Ra wurde ernst. »Wir werden uns das morgen genauer ansehen«, sagte er und strich ihr über die Haare. Dann bat er die Luftpropheten, ihm zu folgen. Sie verneigten sich vor den Kindern, standen auf und gingen hinaus.

»Gute Nacht!«, flüsterte Zazasar und lächelte Ilke zu, bevor er hinter dem Vorhang verschwand.

»Gute Nacht!«, sagte Ilke.

»Darf ich den Umhang ausprobieren?«, fragte Alak, als die Erwachsenen außer Hörweite waren.

»Scha-Ra hat gesagt, dass wir schlafen sollen«, sagte Ilke und überhörte seine Frage. »Oder willst du nicht schlafen?«

»Jetzt habe ich es wieder gehört«, sagte Alak unvermittelt. »Das knirschende Geräusch.« Er schaute Ilke an. »Das kommt aus deinem Kopf.«

»Sei doch nicht blöd«, sagte sie. »Das ist doch *dein* Kopf, der hier knirscht.«

Er schnaubte und drehte sich um. Ilke legte den Umhang unter ihren Kopf und schlief ein.

Alak lag da und starrte auf die Zeltwand, wo er die Schatten von Scha-Ra, Arul und den Luftpropheten erahnen konnte. Sie hatten sich in einiger Entfernung des Zeltes niedergelassen und schienen sich zu unterhalten. Worüber nur?

Der Junge streckte seine Hand zur Zeltwand und hob sie vorsichtig an. Er sah, dass Scha-Ra den Luftpropheten warmen Honigwein anbot. Dann schickte er Arul, um ihnen Speisen zu holen, und entzündete eine weitere Öllampe. Der Winterbär kam mit gebratenem Fisch und geräuchertem Fleisch zurück.

Alak legte sich näher an die Zeltwand und lauschte angestrengt.

»Vielen Dank für Eure Gastfreundschaft«, hörte er Zazasar sagen.

»Wie könnt Ihr Euch so sicher sein, dass die Kinder da drinnen die Auserwählten sind?«, fragte Scha-Ra.

Zazasar lächelte. »Vor einigen Monaten geschah etwas Merkwürdiges: Am Himmel erschien eine eigenartige schwarze Wolke. Dergleichen hatten wir noch nie gesehen und sie auch in keinem unserer Bücher beschrieben gefunden. Wir gingen davon aus, dass das ein Zeichen Wehas war und dass er sie geschickt hatte, um uns zu den Auserwählten zu führen. Mehrere Tage lang hing die Wolke dort, bevor Nehima, der Fürst der Azul, entschied, dass wir ihr folgen sollten. Wir gingen in südlicher Richtung, den Jarda-Fluss entlang und durch die Stadt Ahuya …«

»Durch die Stadt der Schurtokks?«, unterbrach Scha-Ra erstaunt.

Zazasar nickte. »Wir hatten bisher immer ein etwas schwieriges Verhältnis zu den Schurtokks, doch wir wurden von Kaiser Hamriesch zu einem Gastmahl in sein Schloss geladen, wo wir wie Fürsten empfangen wurden«, fuhr er fort.

Scha-Ra runzelte die Brauen. »Merkwürdig«, murmelte er.

»Wir mussten Hamriesch versprechen, auf dem Rückweg bei ihm einzukehren. Er möchte die Auserwählten ebenfalls besuchen, um ihnen zu huldigen«, sagte Altaz, der dritte der Luftpropheten.

Scha-Ra schaute ihn überrascht an. »Der Kaiser der Schurtokks hat euch gebeten …« Der Zauberer verstummte. Schließlich sagte er: »Wie dem auch sei – es ist spät, und wir brauchen alle etwas Schlaf. Lasst uns morgen weitersprechen, wenn wir ausgeruht sind.«

»Selbstverständlich, Meister«, sagte Zazasar und stand auf. »Wir ziehen uns zurück und wünschen Euch eine gute Nacht!«

Arul zeigte den Luftpropheten ein Zelt, das für sie hergerichtet worden war, dann ging er zurück zu Scha-Ra.

»Die Wolke, von der sie glauben, Weha hätte sie ihnen als Wegweiser geschickt, war – fürchte ich – Tarkan«, sagte Scha-Ra.

»Das hab ich verstanden«, sagte Arul.

»Tarkan hat sie zu Kaiser Hamriesch geführt, damit die Schurtokks erfahren, wo sich Alak und Ilke befinden. Es soll alles so aussehen, als ob die Luftpropheten die Auserwählten verraten.«

»Aber dieser Plan gelingt nur, wenn die Luftpropheten nach Ahuya zurückkehren«, sagte Arul.

Scha-Ra sah ihn an. »Das dürfen wir nicht zulassen.«

»Wir sollten etwas schlafen«, sagte Arul mit einem Augenzwinkern. »Ich kann am besten denken, wenn ich ausgeruht bin.« Er streckte sich und gähnte ausgiebig.

Scha-Ra betrachtete ihn mit einem schelmischen Lächeln und nickte. »Wir widmen uns diesem Problem morgen.«

Alak ließ die Zeltwand schnell los, denn er hörte, wie der Zauberer den Vorhang erneut beiseiteschob. »Gute Nacht, Alak!«, flüsterte Scha-Ra.

Alak lächelte und schloss die Augen. Er vertraute Scha-Ra. Aber trotzdem verwirrte und verängstigte ihn das, was er da gerade gehört hatte, ganz gehörig.

Das Lager war in helles Mondlicht getaucht. Die Wellen schlugen an den Strand und der Wind wehte durch das Dorf. Arul schlich wie ein weißer Schatten zum Zelt, in dem die Luftpropheten schliefen. Er hob die Zeltwand vorsichtig an, kroch zu Zazasar und legte seine Schnauze dicht an dessen Ohr.

»Zazasar, hörst du mich?«, flüsterte Arul. »Hörst du mich?«

Zazasar drehte sich unruhig im Schlaf herum, und Arul lächelte. Es funktionierte!

»Zazasar, ich, der mächtige König Weha, spreche zu dir«, wisperte der Winterbär.

»Weha«, murmelte der Luftprophet.

»Kehre nicht zu Kaiser Hamriesch zurück. Nimm einen anderen Weg ins Akéres-Tal. Außerdem verbiete ich dir, Kaiser Hamriesch von den Kindern zu erzählen.«

»Wie du befiehlst, Weha«, murmelte Zazasar.

Plötzlich setzte er sich jedoch auf, und Arul verschwand rasch und lautlos hinter der Zeltwand. Von draußen hörte er, wie Zazasar die anderen weckte.

»Naomin, Altaz! Weha ist mir im Traum erschienen …«

Arul lächelte und schlich auf leisen Pfoten zu seinem Zelt zurück.

Am nächsten Morgen kamen die Luftpropheten wieder zu Scha-Ra und Arul.

»Weha war letzte Nacht bei mir«, begann Zazasar. »Er ist mir im Traum erschienen und hat gesagt, dass wir nicht zu Kaiser Hamriesch zurückkehren dürfen, sondern einen anderen Weg nach Hause nehmen sollen.«

»Soso? Hat Weha das gesagt?«, fragte Scha-Ra und warf einen flüchtigen Blick zu Arul, der nur mit der größten Mühe ein Lächeln unterdrücken konnte.

»Wenn Weha es so will«, fuhr Scha-Ra fort, »wird er sicher gute Gründe haben. Wir wissen nicht, welche Seite die Schurtokks gewählt haben, und je weniger sie über die Kinder wissen, desto besser.«

Als Alak und Ilke aus dem Zelt kamen, verbeugten sich die drei Luftpropheten ehrerbietig.

Zazasar trat einige Schritte vor. »Seid gegrüßt, Ihr Auserwählten«, sagte er. »Wir reisen zurück ins Akéres-Tal, und wollten Euch nur noch einmal die Ehre erweisen, bevor wir das Dorf verlassen.«

Mit diesen Worten ging er zu Ilke und küsste sie auf die Stirn. Dann drehten sich die Luftpropheten um und gingen. Scha-Ra, Arul und die Elfenkinder schauten ihnen nach, wie sie auf ihre Sehts kletterten und aus dem Lager ritten.

»Fühlst du dich besser?«, fragte der alte Zauberer Ilke.

Das Mädchen wurde unsicher und zuckte mit den Schultern. Fühlte sie sich krank oder nicht? Sie konnte sich jedoch nicht recht entscheiden.

Scha-Ra ging zu ihr und strich ihr über die Stirn.

»Du hast Fieber«, sagte er ernst.

»Ich fühle mich aber ganz gut.«

Scha-Ra schaute sich ihren Nacken an.

»Wir frühstücken mit Mijam und Almam«, sagte sie, nahm Alak bei der Hand und lief weg.

Scha-Ra schaute ihnen nach.

»Arul, wir können nicht länger hierbleiben«, sagte er nach einer Weile.

Der Winterbär sah Scha-Ra traurig an.

»Ich hatte gehofft, wir könnten bis zum Herbst bleiben, bis sich die Sommerstürme gelegt haben«, sagte Scha-Ra. »Aber nun, nachdem sich Tarkan wieder gezeigt hat, sollten wir so schnell wie möglich abreisen. Außerdem bringen wir Eramam und sein Volk in Gefahr, wenn wir länger bleiben. Vielleicht sind die Schurtokks sogar schon unterwegs.«

Nach dem Mittagessen hüpften die Kinder zur großen Wiese.

»Können wir nicht Versteck spielen?«, fragte Ilke.

»Aber ohne deinen Umhang!«, sagte Alak.

Ilke fühlte sich von ihrem Bruder durchschaut und war verärgert. »Dann ist es mir egal, was wir machen«, sagte sie mürrisch.

»Worüber sprecht ihr?«, fragte Mijam.

Alak und Ilke erzählten von den Geschehnissen der letzten Nacht, von den Luftpropheten und den Geschenken, die sie bekommen hatten.

»Kannst du auch mit Tieren sprechen?«, fragte Almam den Elfenjungen.

»Ich weiß nicht, ich habe es noch nicht versucht. Aber ich dachte, ich könnte das Ahmel noch einmal reiten.«

»Wir kommen mit«, sagte Almam.

Gemeinsam gingen sie zu Mahma.

»So, du bist also wieder hier«, sagte Mahma. »Ich dachte, du hättest es mit der Angst bekommen, nach dem, was du hier erlebt hast.«

Alak lächelte nur.

Mahma pfiff nach den Tieren, die sofort angelaufen kamen.

»Du kannst dir aussuchen, welches du reiten möchtest«, sagte er großzügig.

»Ich nehme das Tier, das mich abgeworfen hat«, entschied Alak.

Mahma nickte und wollte dem Tier das Zaumzeug anlegen.

»Ohne Zaumzeug!«, sagte Alak.

Mahma sah ihn zweifelnd an, sagte aber nichts. Er half dem Jungen aufs Ahmel und gab ihm einen leichten Klaps, so dass es anfing zu traben. »Merkwürdiger Junge«, sagte er.

»Ja, er ist wirklich etwas ganz Besonderes«, stimmte Mijam ihm zu und sah Alak hinterher.

»Was meinst du damit?«, fragte Ilke.

»Ich finde nur, dass du Glück hast, mit ihm *immer* zusammen sein zu können«, sagte Mijam, ohne Alak aus den Augen zu lassen.

Ilke sah Almam fragend an, der sich vor Lachen fast krümmte. Verständnislos schüttelte sie den Kopf.

Alak beugte sich vor und legte seinen Mund an das Ohr des Ahmels.

»Verstehst du mich?«, flüsterte er und war ein wenig verlegen, weil er mit einem Ahmel sprach.

Das Tier blieb abrupt stehen und Alak zuckte zusammen. Verstand ihn das Ahmel?

»Erinnerst du dich an mich?«, flüsterte er.

»Du bist der Junge, den ich gestern abgeworfen habe«, sagte das Tier.

Alak spürte eine intensive Freude: Das Ahmel verstand ihn nicht nur, es sprach sogar mit ihm! Er unterdrückte einen Freudenschrei und seine Arme begeistert um den Hals des Tieres.

»Du brauchst dich nicht so krampfhaft festzuhalten«, sagte das Ahmel freundlich. »Ich werde dich schon nicht abwerfen.«

Alak setzte sich ordentlich auf das Reittier und lächelte.

Schon ging es im Trab los. Als Alak die Beine an die Flanken des Ahmels presste, wechselte es vom Trab in den Galopp, lief nach rechts und links, blieb stehen und bäumte sich auf. Dabei saß Alak ruhig auf dem Ahmel, so als hätte er in seinem Leben nie etwas anderes gemacht, als zu reiten.

Alak hob das Gesicht zum Himmel, schloss die Augen und konzentrierte sich auf alle Geräusche um ihn herum. Langsam verwandelte sich das Vogelgezwitscher, das er am Tag zuvor gehört hatte, in viele einzelne Stimmen. Der Wald war voll von Gesprächen. Er konnte einen Wolf nach seinen Jungen rufen und einen Grashüpfer ein Liebeslied singen hören. Das waren nicht mehr nur Geräusche, das waren Sprachen, die er verstand.

»Fantastisch«, sagte Mahma, als Alak zu ihm zurückkam.

Der Junge stieg ab und gemeinsam gingen die Kinder in Richtung Strand.

»Hast du mit ihm gesprochen?«, fragte Almam neugierig, als sie ein Stück weiter weg waren und Mahma sie nicht mehr hörte.

Alak nickte. »Stell dir vor, das Ahmel es hat mit mir gesprochen … und ich habe verstanden, was es sagte.«

»Und was sagte es?«, fragte Ilke.

»Es war genauso überrascht wie ich, dass wir uns verstehen konnten.«

Mijam wurde ernst und sah ihn an. »Du bist der merkwürdigste Junge, der mir jemals begegnet ist.«

»Das geht mir genauso«, sagte Alak und fühlte sich ganz kraftlos.

Als Alak und Ilke zum Zelt zurückkamen, um etwas zu essen, saß dort Eramam und unterhielt sich mit Scha-Ra. Arul holte für sie Essen.

»Ich erzähle Eramam gerade, dass wir abreisen wollen«, sagte Scha-Ra zu ihnen.

Die Elfenkinder sahen ihn an.

»Ich dachte, wir würden noch eine Weile hierbleiben«, sagte Ilke enttäuscht.

»Ich hatte gehofft, wir könnten mit der Abreise noch warten«, sagte Scha-Ra.

»Ist es wegen der Schurtokks?«, fragte Alak, der sich nur allzu gut an das Gespräch vom Vorabend erinnerte.

»Ja, ich fürchte, dass die Schurtokks sich für Tarkans Seite entschieden haben. Und das bedeutet, dass wir weniger Zeit haben als ich dachte«, erklärte Scha-Ra.

»Mir tut es aufrichtig leid, dass ihr so früh abreisen müsst, und ich nehme nur schweren Herzens von euch Abschied. Du und deine

Freunde seid mir eine richtige Familie geworden. Wir werden jeden Tag an euch denken – bis sich die Prophezeiung erfüllt hat und ihr zu uns zurückkehren könnt.«

Scha-Ra ergriff Eramams Hand. »Es tut uns sehr leid, dass wir nicht länger bei euch bleiben können«, sagte er aufrichtig.

»Ihr bekommt ein Boot; fünf meiner besten Männer werden es segeln und euch zu unserem Brudervolk, den Meherets, bringen. Du bekommst einen Begleitbrief für Häuptling Alam, so dass er dir gibt, was ihr benötigt, um die Hada-Wüste zu durchqueren. Du erinnerst dich doch noch an meinen Cousin Alam?«

»Ja, selbstverständlich. Er und seine Familie haben die Sommer doch immer hier verbracht. Als Kind war er ein selbstgefälliger, kleiner Einfaltspinsel, aber das hat sich mittlerweile wohl gelegt, hoffe ich, oder?«

»Er ist auf jeden Fall größer geworden«, lachte Eramam.

»Wir danken dir für dein Angebot«, sagte Scha-Ra. »Wann können uns deine Männer hinübersegeln?«

»Das Boot steht morgen früh bereit.«

Alak und Ilke fuhren zusammen. Der heutige Tag war also der letzte, den sie hier verbringen durften!

Scha-Ra nickte. »Gut.«

Ilke stand auf. »Ich kann nichts mehr essen«, sagte sie und schob den Teller weg, auf dem sie nur herumgestochert hatte.

»Dürfen wir aufstehen und zu den anderen gehen?«, fragte Alak.

»Aber ja«, sagte Scha-Ra. »Ich verstehe, dass das für euch schwierig ist. Geht spielen.«

Traurig erzählten die Elfenkinder Almam und Mijam, dass sie am nächsten Morgen in aller Frühe abreisen würden.

Mijam konnte ihre Tränen nicht zurückhalten, als sie diese Neuigkeit hörte.

»Das ist kein Grund zu weinen«, tröstete sie Almam. »Die beiden kommen sicher bald wieder. Lass uns zu den anderen gehen und am Strand spielen.« Er schaute Alak an.

»Für mich ist das in Ordnung«, sagte Ilke. »Das ist jedenfalls viel besser, als sich vor der Abreise zu fürchten. Davon wird man nur noch trauriger.«

»Ich muss Alak noch etwas zu sagen«, sagte Mijam. »Geht ihr schon mal vor!«

Ilke warf Alak einen bedeutungsvollen Blick zu, schüttelte den Kopf und zog Alman mit sich fort.

Alak sah ihnen hinterher, wie sie zum Strand gingen.

»Wollen wir ein bisschen spazieren gehen?«, fragte Mijam.

Alak wurde nervös. »Nur du und ich?«

Sie nickte.

Alak spürte, wie ihm heiß wurde, als sie seine Hand nahm. Zuerst dachte er daran, sich loszureißen und wegzulaufen, doch selbst dazu fehlte ihm jetzt die Kraft.

»Vielleicht ein kleiner Spaziergang«, sagte er und seine Stimme zitterte.

Mijam sagte nichts, während sie still hinunter an den Pülk-See gingen. Alak konnte kaum atmen, so nervös war er. Am Seeufer blieben sie stehen. Die Sonne stand bereits tief am Himmel, und in der milden Brise schaukelte das Schilf am Ufer.

Mijam ließ seine Hand los. »Ich möchte, dass du diesen hier bekommst«, sagte sie und gab ihm einen Ring. »Der ist nicht magisch oder so etwas. Ich möchte nur, dass du ihn als Erinnerung an mich hast.«

»Danke«, sagte Alak und schaute ihn mit klopfendem Herzen an. Er war aus Silber und mit einem feinen Muster graviert.

»Das ist eine Liebesbordüre«, sagte Mijam.

Alak blickte sie erschrocken an. »Ich glaube nicht, dass ich das annehmen kann«, sagte er.

»Warum nicht?«

»Ich weiß nicht, es ist nur so merkwürdig.«

»Ich mag dich«, sagte sie, drehte sich um und ging.

Alak blieb stehen und sah ihr nach. Er hatte nie auf diese Weise an sie gedacht. Nachdenklich betrachtete er den Ring, der in den letzten Sonnenstrahlen funkelte. Dann steckte er ihn sich an den Finger und hielt ihn gegen die Sonne.

In jener Nacht dauerte es lange, bis die Elfenkinder endlich einschliefen. Der Wind wehte vom Meer her und machte sie unruhig. Alak drehte sich im Schlaf hin und her und jedes Geräusch wurde zu einem beängstigenden Traumbild. Ein knirschender, immer lauter werdender Ton quälte ihn, und er konnte sich kaum bewegen, so als ob er gelähmt wäre. Im Traum öffnete er die Augen und sah Ilke an. Sie atmete schwer und schwitzte, als ob sie krank wäre. Ein schwarzer Schatten glitt über ihr Gesicht und rollte sich darüber zusammen. Alak erstarrte. Der Schatten lag lange unbeweglich, bevor er plötzlich die Zunge hervorschnellen ließ und Witterung aufnahm. Nun kam er langsam auf ihn zu. Eine Stimme in Alaks Kopf schrie, dass er aufwachen und davonrennen solle.

Schlagartig war Alak wach. Sein Mund war trocken und er brachte keinen Ton heraus. Das Bild des Schattens, der wie eine Schlange hin und her tanzte, hatte sich ihm auf die Netzhaut gebrannt.

»Du musst Scha-Ra wecken«, sagte die Stimme in seinem Kopf jetzt.

Alak hielt die Luft an, während er sich vorsichtig an der Zeltwand entlang in Richtung Ausgang bewegte.

»Scha-Ra, Scha-Ra, wach auf!«, flüsterte Alak eindringlich und schüttelte den Zauberer.

Der alte Zauberer und Arul erwachten gleichzeitig und setzten sich erschrocken auf.

»Was ist passiert?«, fragte Scha-Ra und versuchte, Alak zu beruhigen.

Dem gelang es nicht, irgendetwas zu erklären, stattdessen zog er den Zauberer mit sich.

»Mit Ilke ist etwas«, keuchte Alak und starrte sie zitternd an.

Doch die schlief ganz ruhig.

»Jetzt höre ich wieder dieses Geräusch.«

»Welches Geräusch?«, fragte Arul.

»Es kommt von Ilke«, sagte Alak. »Ich hab

ein schwarzes Tier über ihr Gesicht kriechen sehen, das mich … gejagt hat. Ich weiß nicht, ob es ein Traum war oder Wirklichkeit, aber es fühlte sich so echt an.«

Scha-Ra krempelte den Ärmel seines Mantels hoch und hielt seine Hand über Ilke. Ein blaues Licht ging von seinen Fingerspitzen aus und tanzte über das Mädchen. Und tatsächlich wurde ein schwarzer Schatten sichtbar. Er war in Ilkes Kopf und lag um ihren Schädel herum; sein Schwanz hing ihren Nacken und das Rückgrat hinunter.

»Was ist das?«, fragte Alak.

»Ein Swelk«, flüsterte Arul verwundert.

Alak schaute sie fragend an.

»Das ist ein Egel, der im Winterland vorkommt«, sagte Scha-Ra leise. »Der kriecht als kleine Larve in Tiere hinein und lebt von ihrem Blut«, fuhr er dann fort.

»Ist er gefährlich?«, fragte Alak.

»Wenn er ausgewachsen ist, beißt er die Nerven durch, die zum Kopf führen, und dann frisst er das Wirtstier«, sagte Scha-Ra.

»Wird Ilke sterben?«, fragte Alak leise.

»Nein«, sagte Sha-Ra. »Er nistet sich normalerweise nur in Tieren wie Seerobben und Fischen ein. Ich hätte daran denken sollen, als ich Ilkes Wunde sah, aber ich habe noch nie einen Swelk gesehen. Ich verstehe das auch nicht. Dieses Tier sollte nicht hier sein, denn das Klima ist zu heiß für diesen Egel.«

»Glaubst du, dass das Geräusch, das du gehört hast, von dem Tier kommt?«, fragte Arul den Elfenjungen.

»Ich weiß nicht. Hört ihr es denn nicht?«, fragte Alak und schaute sie verwirrt an.

»Es ist das Geschenk der Luftpropheten, dass du es hören kannst«, sagte Scha-Ra. »Verstehst du, was es sagt?«

Alak hatte nicht daran gedacht, dass er – genau wie bei dem Ahmel – verstehen könnte, was das Tier sagte. Schnell konzentrierte er sich und schon wurde das knirschende Geräusch nach und nach zu Wörtern und Sätzen.

»Es sucht nach etwas … oder jemandem?«, sagte Alak und konzentrierte sich wieder. »Es spricht mit jemandem … der weit weg ist, über einen Schlüssel?«

Alak schaute zu Arul und Scha-Ra hoch. »Er sucht nach dem Schlüssel zur Efraïber-Quelle.«

»Das ist Tarkan«, sagte Scha-Ra wütend. »Er will herausbekommen, wie ihr den Regen der Efraïber-Quelle zum Versiegen bringen wollt. Tarkan hat den Swelk angelernt und ihn Ilke untergeschoben.«

»Aber wir wissen doch gar nicht, wie wir den Regen abstellen können«, sagte Alak.

»Nein«, sagte Scha-Ra. »Deshalb ist Ilke ja auch noch am Leben.«

Er holte eine Öllampe und goss um Ilke herum einen Kreis aus Öl.

»Kannst du mit ihm sprechen?«, fragte Scha-Ra den Elfenjungen.

Alak nickte.

Scha-Ra zündete das Öl an. Eine schwache Flamme begann, um Ilke herumzutanzen.

»Möchtest du, dass ich mit ihm spreche?«, fragte Alak verwirrt.

»Ja, ich möchte, dass du ihn aus Ilke herauslockst. Es ist zu gefährlich, ihn mit Gewalt herauszuholen. Ruf nach ihm, lass ihn glauben, du bist einer wie er. Lass uns hoffen, dass sein Instinkt stärker ist als Tarkans Macht«, sagte Scha-Ra.

Alak begann. Zuerst waren es nur sinnlose Laute, die er von sich gab, doch als er sich entspannte und es einfach geschehen ließ, schien es, als hätte er diese Sprache sein ganzes Leben lang gesprochen.

»Komm!«, lockte Alak. »Komm her zu mir!«

Ilke biss die Zähne zusammen und spannte den Körper, wachte jedoch nicht auf.

»Der Swelk hat sie betäubt«, flüsterte Arul.

Dann hörten sie das Geräusch aufreißender Haut, und Ilke begann im Nacken zu bluten. Aus dem Riss krabbelte eine schwarze Eidechse. Sie hielt inne und witterte. Alak lockte und lockte. Langsam krabbelte der Swelk durch Ilkes Haar und hinunter auf den Boden. Seine dünnen Beinchen bewegten sich rasch und der Kopf schwang hin und her. Plötzlich packte Scha-Ra Ilke von hinten und zog sie schnell an sich. Sie erwachte mit einem Schrei. Der Swelk warf sich herum und zischte Scha-Ra zornig an. Ilke starrte die Eidechse, die in einem Flammenring stand, entgeistert an. Sie griff sich in den Nacken, schaute dann auf ihre Hand, die voller Blut war, und begann hysterisch zu kreischen.

Der Swelk lief hin und her, während Scha-Ra versuchte, Ilke zu beruhigen. Er hielt sie dicht an sich gedrückt und strich ihr liebevoll übers Haar.

Alak hatte aufgehört, das Tier anzulocken, und starrte es mit großen Augen an, wie es immer und immer wieder im Kreis lief. Es war zwar blitzschnell, kam aber an den Flammen nicht vorbei.

Mit einem Seufzen machte der Winterbär

dem Spuk ein Ende und erschlug das Tier mit seiner schweren Tatze.

Alak schaute zitternd zu Arul. Er war so angespannt, dass er mit einem krampfhaften Weinen zusammenbrach.

Arul nahm ihn in den Arm. »Ich war vielleicht etwas zu ungestüm«, sagte er mit der weichsten Eisbärenstimme, die er zustande brachte. »Aber jetzt ist alles gut und morgen sieht alles schon ganz anders aus.«

»Ihr könnt bei uns schlafen. Wir räumen hier noch ein wenig auf«, sagte Scha-Ra und verband die Wunde an Ilkes Nacken. »Jetzt wird die Wunde schön heilen. Keine Sorge!«, beruhigte er Ilke. »Niemand wird dir etwas zuleide tun. Das verspreche ich dir.«

Sie vergrub ihren Kopf in Scha-Ras langem, weißem Haar und weinte leise. Seufzend schloss dieser die Augen und hielt sie umarmt.

Als Alak am nächsten Morgen erwachte, waren er und Ilke allein. Durch eine kleine Stelle in der Zeltwand fiel Licht zu ihnen herein. Alak krabbelte zur Zeltöffnung und schaute hinaus. Scha-Ra und Arul packten bereits zusammen. Eben war die Sonne aufgegangen und es wehte ein kalter Wind.

»Guten Morgen«, sagte Arul.

»Weil gestern so viel passiert ist, haben wir euch etwas länger schlafen lassen«, sagte Scha-Ra. »Ist Ilke noch nicht wach?«

Alak drehte sich um und sah nach. Dann schüttelte er den Kopf.

»Das Boot liegt am Strand bereit und wir haben fertig gepackt. Es ist an der Zeit abzureisen«, sagte Scha-Ra.

Alak nickte ernst und weckte Ilke. Benommen folgten die Kinder Scha-Ra und Arul.

Eramam hatte seine Leute unten am Strand versammelt, um von ihnen Abschied zu nehmen. Mijam hatte einen kleinen Vogel aus Lehm gemacht, der einen Ton von sich gab, wenn man auf ihm blies. Den gab sie Ilke. Almam hatte in Alaks Stock Figuren geschnitzt und ihn mit Lederriemen verziert. Er hatte auch eine Art Köcher für ihn genäht, so dass Alak den Stock auf dem Rücken tragen konnte.

»Du hast ja meinen Ring an!«, sagte Mijam freudig. »Ich habe den gleichen«, flüsterte sie hinzu und legte ihre Hand auf Alaks.

»Immer wenn ich ihn anschaue, werde ich an dich denken.«

Alak wurde rot.

»Danke«, war das Einzige, was er hervorbringen konnte.

Sie lächelte und gab ihm einen raschen Kuss auf den Mund.

Alak schaute sich verstohlen um, aber zum Glück hatte es niemand gesehen.

»Das Boot ist bereit«, sagte Eramam.

Ajandra umarmte Alak und Ilke ein letztes Mal und gab ihnen ein Stoffbündel.

»Hier ist etwas, das ich gebacken habe und das ihr später essen könnt«, sagte sie und wischte sich ein paar Tränen von der Wange.

Arul, Scha-Ra, Alak und Ilke waren schon ins Boot geklettert, als Mahma mit einem Ahmel angelaufen kam.

»Ich möchte Alak gern dieses Ahmel zum Geschenk machen«, sagte er zu Eramam.

»Aber es ist viel zu groß! Sie können das Tier auf keinen Fall im Boot mitnehmen«, sagte Eramam. »Wenn es unruhig wird und in Panik gerät, kann das übel ausgehen.«

»Ich glaube nicht, dass das ein Problem wird, Häuptling!«, erwiederte Mahma. » Es wird sich gut benehmen. Außerdem will es von keinem anderen als Alak geritten werden.«

Eramam schaute zu Scha-Ra hinüber. Scha-Ra bedeutete ihm, dass es in Ordnung war, und so nahmen sie das Ahmel an Bord. Es rieb sein Maul zärtlich an Alak und legte sich neben ihn. Dann wurde das Boot ins Wasser geschoben.

»Ich werde sie vermissen«, sagte Ilke.

Alak antwortete nicht, sondern starrte nur stumm auf Mijams Haar, mit dem der Wind spielte. Er glaubte, dass er *sie* vermissen würde.

# Der Sturm

# Das Meeresvolk

Alak und Ilke schauten zur Küste zurück, bis ihre Augen rot und wund waren. Langsam waren Almam und Mijam zu zwei Punkten am Strand geworden, und bald war auch der Strand nur noch ein Punkt am Horizont. Es knarrte im Tauwerk, wenn der Wind in die Segel fuhr. Alak und Ilke setzten sich zu den Aharam-Männern, die mit Arul Kybia, ein aharamsches Würfelspiel, spielten. Melka, ein großer und kräftiger Aharam mit einem langen Pferdeschwanz, war der Kapitän. Er stand am Ruder und studierte gemeinsam mit Scha-Ra die Karte. Die Elfenkinder gingen zu ihnen.

»Wohin segeln wir?«, fragte Ilke.

»Melka sagt, dass ein kräftiger nördlicher Wind zu erwarten ist. Deshalb müssen wir um die Insel Bühr herumsegeln.« Scha-Ra zeigte ihnen auf der Karte eine große Insel. »Das dauert etwas länger, ist aber viel sicherer, als an der Küste entlangzusegeln.«

»Dort gibt es einige Klippen und Schären, die bei schlechtem Wetter schwierig zu umschiffen sind«, erklärte Melka.

»Was für eine Insel ist das?«, fragte Ilke und zeigte auf ein großes, nordöstlich von Bühr gelegene Eiland.

Scha-Ra sah auf die Karte. »Das ist Orti, die Insel, von der die Elfen kommen.«

»Ich dachte, die Elfen kämen aus dem Elfenwald«, sagte Ilke erstaunt.

»Vor langer Zeit verließen die Elfen die Insel Orti. Einige ließen sich in der Ebene von Gredom nieder, während andere in den Elfenwald gingen, um dort zu leben«, erklärte Scha-Ra. »Eines Tages jedoch werden alle Elfen auf die Insel zurückkehren.«

»Dann ist die Insel jetzt also unbewohnt?«, wunderte sich Alak.

»Alles, was es noch auf der Insel gibt, ist ein Orakel«, sagte Scha-Ra.

»Was ist ein Orakel?«, fragte Ilke.

»Ein Orakel ist ein Geschöpf, das mehr weiß als die anderen.«

»Dann wusste es wohl auch, dass die Elfen nicht mehr zurückkommen würden und es ganz allein sein würde.«

»Ja, das wusste es wohl«, sagte Scha-Ra.

»Ich bin froh, dass ich nur so viel weiß, wie ich weiß, und nicht mehr«, sagte Ilke.

»Zieht eure Kapuzen hoch, damit ihr nicht friert«, sagte Scha-Ra und lächelte.

»Ich friere nie«, antwortete Ilke.

»Nein, das tust du nicht, aber zieh trotzdem deine Kapuze hoch.«

»Warum muss ich immer alles tun, was du tust?«, flüsterte Ilke Alak verärgert zu, als sie sich einen gemütlichen Platz suchten.

»Vielleicht will Scha-Ra uns gleich behandeln«, sagte Alak. »Oder du kannst von zu viel Wind krank werden.«

»Da hätte er *das* wohl sagen können«, sagte sie leise und zog ihre Kapuze hoch.

Alak setzte sich. Das Ahmel legte sein weiches, warmes Maul in seinen Schoß. Die Elfenkinder deckten sich mit einer Decke zu und versuchten sich auszuruhen, während die Wellen das Boot von einer Seite zur anderen rollten. Sie dachten an die Grasebene bei Scha-Ras Schloss, wo sie mit Arul herumgerannt waren und in einer Welt von hohem, sich im Wind wogendem Gras gespielt hatten. Und bald schliefen sie ein.

Alak und Ilke erwachten vom Heulen des Windes und von eigenartigen Rufen. Sie hörten sich an wie Stimmen aus dem Meer, wie lebendige Wesen, die dort draußen waren und zum Boot hinüberschrien. Alak und Ilke setzten sich auf und rieben sich die Augen. Das

Boot hatte schwer Schlagseite, und sie wurden unsanft gegen die Seitenwand geworfen. Melka hatte Mühe, das Boot in den hohen Wellen auf Kurs zu halten. Die anderen liefen auf Deck umher, um die Ladung zu sichern und die Segel einzuholen. Alak und Ilke hielten sich an der Reling fest und schauten übers Wasser. Zuerst konnten sie wegen der Wellen nichts erkennen, doch nach einiger Zeit gelang es ihnen, einige Wesen auszumachen, die auf den Wellenkämmen ritten. Ihre Haut war blau-grün und sie hatten große Augen und Ohren, die aussahen wie Fischflossen.

Arul lief zu den Elfenkindern und legte seine Tatzen um sie.

»Das sind Naqus«, sagte er aufgeregt, »sie gehören zum Meeresvolk. Melka sagt, dass sie uns ertränken wollen.«

»Warum?«, fragte Ilke entsetzt.

Arul schüttelte den Kopf. »Ich bin mir nicht sicher«, sagte er mit bebender Stimme. »Doch Melka sagt, es seien böse Geschöpfe, die seit Jahrhunderten Seeleute ertränken würden.«

Alak schaute zu Scha-Ra, der durch den Wind hindurch Melka zurief: »Können wir nicht irgendwie zu ihnen Kontakt aufnehmen?«

»Aber sie sind wie Tiere! Mit denen kann man nicht reden!«, rief Melka zurück.

Wie Tiere? Alak spähte über die Wellen hinweg. Er konzentrierte sich darauf, zu verstehen, was die Naqus riefen, und langsam bildeten sich tatsächlich verständliche Sätze in seinem Kopf. Die Jammerschreie des Meeresvolks wurden zu einem Trauergesang über ihre Brüder und Schwestern, die gefangen und als Sklaven verkauft worden waren. Und über ihre Kinder, die verfolgt und von den Geschöpfen, die auf der trockenen Erde lebten, erschlagen worden waren.

Das sind keine bösen Geschöpfe, dachte Alak. Sie sind nur sehr unglücklich.

Er sah wieder über die Wellen hinweg und wurde auf einen aufmerksam, der sich von den anderen unterschied. Der Meermann schrie nicht wie die anderen, sondern starrte nur leer in die Luft. Plötzlich drehte er sich um und sah Alak an.

Eine Stimme wurde lauter und übertönte die anderen. Das war der Meermann, der versuchte, mit ihm zu sprechen.

»Kannst du mich hören?«, fragte er.

»Ja ...«, dachte Alak. »Aber wie kann ich deine Stimme in meinem Kopf hören?«

Der Meermann lachte. »So sprechen wir

unter Wasser«, erklärte er dem Elfenjungen, »mithilfe unserer Gedanken.«

Alak war von der Freundlichkeit des Meermannes überrascht. »Warum wollt ihr uns töten?«, fragte der Junge ernst.

»Hab keine Angst! Du und deine Freunde werden überleben, ihr habt uns nichts getan«, sagte der Meermann freundlich.

»Bitte, lass es aufhören!«, bettelte Alak, doch der Meermann antwortete nicht.

»Schwimm zu ihm hinaus! Du bist ein guter Schwimmer«, sagte eine Stimme in seinem Kopf.

Alak schaute den Meermann an, doch er war es nicht, der da eben gesprochen hatte.

»Spring!«, kommandierte die Stimme.

Gehorsam kletterte Alak über die Reling und warf sich ins Wasser.

»Rettet ihn!«, rief Ilke angstvoll.

Arul machte sich bereit, hinterherzuspringen, doch Scha-Ra hob die Hand zum Zeichen, dass der Winterbär nicht springen sollte. Und so standen sie einfach nur da und sahen zu, wie Alak sich durch die hohen Wellen kämpfte.

Der Meermann nahm Alak in die Arme.

»Danke«, sagte dieser etwas außer Atem. »Ich bin nicht gern so weit weg vom Land, und in so hohen Wellen schon gar nicht.«

»Wenn du vor den Wellen Angst hast, warum hast du dann versucht, zu mir zu schwimmen?«, fragte der Meermann.

»Ich bitte dich, hört auf! Es bringt gar nichts, die Aharam-Männer zu ertränken. Sie haben Familien zu Hause, die auf sie warten.«

Der Meermann schaute Alak an. »Wo hast du unsere Sprache gelernt?«

»Ich habe sie von den Luftpropheten bekommen. Mein Name ist übrigens Alak.«

»Du hast eine Sprache als Geschenk bekommen?« Er lachte. »Zu verstehen, was einer sagt, ist nicht dasselbe, wie *zu verstehen*. Ich glaube, du hast mehr Gaben als die, die du von den Luftpropheten bekommen hast.«

Das Meer erhob sich um sie herum und bildete eine glitzernde Fontäne.

»Ich heiße Alunaq und bin der Herrscher des Wasservolkes«, stellte sich der Meermann vor.

Alak war überwältigt von der Schönheit der Wassertropfen, die wie Edelsteine um ihn herum glitzerten. Er nickte nur.

»Was willst du? Was soll ich tun?«, fragte Alunaq. »Soll ich die Familien, die ihre Kinder verloren haben, darum bitten, zu verzeihen, was die Aharam ihnen angetan haben? Schau dich um! Glaubst du, sie wollen verzeihen?«

Alak sah, wie die Naqus voller Schmerzen und Wut in Richtung Boot schrien.

»Jemand muss mit dem Verzeihen anfangen, sonst wird alles so bleiben, wie es immer war«, sagte Alak ernst. »Komm mit und sprich mit Scha-Ra! Vielleicht kann er etwas ausrichten.«

Alunaq sah zum Boot. »Ist das Scha-Ra, der dort steht? Er kam mir gleich so bekannt vor.«

Alak nickte und schwamm auf einer Welle voraus. Dann bedeutete er dem Meermann, an Bord zu kommen. Die Aharam-Männer näherten sich mit ihren Waffen, wurden aber von Alak aufgehalten. »Stopp!«, sagte dieser. »Er ist gekommen, um mit uns zu reden.«

Melka, der immer noch das Steuerrad umklammert hielt, nickte, und die Männer senkten die Speere.

Alunaq verbeugte sich vor Scha-Ra. Der Zauberer erwiderte den Gruß. Dann hob Alunaq die Hand. Sofort beruhigte sich das Meer, als hätte es nie einen Sturm gegeben. Melka überließ das Steuer einem seiner Männer und ging nach vorn.

»Ich weiß nicht, was er zu sagen hat, aber ich vertraue diesen Geschöpfen nicht«, sagte Melka zu Scha-Ra. Er zeigte mit einem Finger auf Alunaq und seine Stimme zitterte. »Das

Meervolk hat seit Jahrhunderten viele von uns ertränkt.«

Alunaqs Gesicht wurde dunkel und er kniff die Augen zusammen. Dann umfasste er Melkas Hals und hob ihn hoch.

»Lass los!«, bat Scha-Ra ruhig.

Der Meermann schaute ihn an und ließ dann Melka zu Boden fallen. Der blieb liegen und schnappte nach Luft.

»Dieses Volk hat mein Volk in die Sklaverei verkauft«, sagte Alunaq auf Aldrisch.

»Es sind doch nur Tiere«, flüsterte Melka mit belegter Stimme und fasste sich an den Hals.

»Mit dir habe ich nicht gesprochen«, zischte Alunaq.

Scha-Ra wandte sich zu dem Meerkönig um und sagte: »Du erinnerst dich an mich aus der Zeit, als ich vom Eisland über das Meer fuhr, nehme ich an, und du weißt, dass nicht alle, die auf der Erde leben, andere kaufen und verkaufen. Nicht einmal alle Aharams mögen das. Der Hass entzweit euch, aber niemandem ist damit gedient, den anderen zu hassen. Ihr gebt den Hass an eure Kinder weiter, und damit hört er nie auf, genauso wenig wie das Töten. Ich werde an Eramam, den Häuptling der Aharams, schreiben und ihn bitten, mit dem Meervolk Frieden zu schließen.«

»Obwohl uns dieses Volk wie Tiere behandelt …« – Alunaq starrte Melka hasserfüllt an – »… werde ich mit ihrem Häuptling sprechen. Weil ein Junge mich angefleht hat, euer Leben zu schonen.« Er sah Alak an.

Scha-Ra lächelte.

»Ich finde, du solltest Alunaq dafür danken, dass er euer Leben geschont hat«, sagte Scha-Ra zu Melka.

Dieser nickte und streckte widerstrebend seine Hand aus. Alunaq sah misstrauisch auf die Hand, dann blickte er zu Scha-Ra.

»Ich möchte erst hören, was ihr Häuptling zu sagen hat, bevor ich die Hand eines Aharam ergreife«, sagte er dann und sah Melka argwöhnisch an. Mit diesen Worten kletterte er über die Reling und verschwand in der Tiefe.

Die Aharam-Männer atmeten erleichtert auf, als er von Bord gegangen war.

»Haltet ihr Sklaven?«, fragte Ilke überrascht.

Sie lächelten mitleidsvoll und taten, als ob sie sie nicht gehört hätten.

Melka schaute gedankenvoll über das windstille Meer. Dort draußen wehte noch nicht einmal eine leichte Brise.

»Wir müssen rudern«, sagte er und kommandierte die Männer an die Ruder.

»Wie geht es dir?«, fragte Scha-Ra Melka.

»Seit meiner Kindheit habe ich sie gehasst«, sagte Melka leise. »Sie haben meinen Großvater getötet, als er zum Fischen draußen war, und trotzdem wollte Alunaq nicht meine Hand nehmen. Ich kann das, was gewesen ist, nie vergessen, niemals!«

»Vielleicht hasst er dein Volk genauso sehr wie ihr das Seine«, sagte Scha-Ra.

Melka zuckte mit den Schultern und ging zurück ans Ruder.

»Du warst mutig«, sagte Ilke und kniff Alak in den Arm.

»Was hat dich dazu gebracht, über Bord zu springen und zu ihnen zu schwimmen?«, fragte Arul.

Alak hob die Schultern. »Ich weiß nicht. Es war, als ob mir eine Stimme in meinem Kopf sagte, dass ich es machen soll.«

»War das der Meermann?«, wunderte sich Arul.

»Nein, es war eine andere Stimme, die ich vorher schon einmal gehört habe«, sagte Alak und senkte den Kopf.

»Hörst du diese Stimme schon lange?«, erkundigte sich Scha-Ra ernst.

»Seit wir nach El-Elem gekommen sind, doch damals war es nur wie ein leises Flüstern. Jetzt ist es so, als ob jemand neben mir steht und spricht. Ist etwas nicht in Ordnung mit mir?«

»Mach dir keine Sorgen. Es geht dir gut«, versicherte ihm Scha-Ra. »Achte auf die Stimme, sie ist da, um dir zu helfen.«

Alak verstand nicht, was der Zauberer meinte, traute sich jedoch nicht zu fragen. Er fühlte sich erschöpft und wollte nur schlafen.

»Wirst du müde, nachdem die Stimme zu dir gesprochen hat?«, fragte Scha-Ra.

Alak nickte.

»Das gibt sich, wenn du dich erst einmal daran gewöhnt hast. Geh und leg dich neben dein Ahmel. Wir sprechen später weiter.«

Der Wind nahm wieder an Stärke zu, als sie die Insel Bühr umrundeten. Die Aharam-Männer zogen die Ruder ein und hissten die Segel.

Alak erwachte von den Wellen, die gegen das Boot schlugen und es zum Schaukeln brachten. Er setzte sich auf und schaute über das Meer. Die Sonne war bereits am Untergehen.

»Du hast lange geschlafen«, sagte Ilke und setzte sich neben ihn.

Alak nickte.

»Arul und ich haben solange geangelt. Schau mal, was wir gefangen haben!« Sie hielt einen Fisch hoch, der so lang war wie ihr Arm. »Arul brät ihn nachher. Wir haben übrigens auch dein Ahmel gefüttert.«

Alak schaute zu dem Tier, das friedlich vor sich hin döste.

Arul hatte das Feuer in der Feuerstelle hinten im Boot angefacht und hatte mir dem Kochen begonnen. Die Männer versammelten sich, um sich am Feuer zu wärmen und auf das Essen zu warten. Melka stand immer noch am Ruder, doch er sah müde aus. Alak und Ilke setzten sich zu den anderen.

»Jemand muss heute Nacht das Ruder übernehmen. Ich fürchte, ich kann nicht mehr«, sagte Melka. »Der Wind ist gut, und wir sollten unbedingt weitersegeln.«

»Ich kann das machen«, sagte Alak. »Schießlich habe ich den ganzen Tag geschlafen.«

Die Männer lachten und schauten ihn an.

»Bei allem Respekt, aber bist du dafür nicht zu klein?«, fragte einer von ihnen.

»Ich kann das wirklich«, sagte Alak.

»Ich helfe ihm«, sagte Ilke.

»Wir alle haben hart gearbeitet. Ehrlich gesagt vertraue ich ein paar ausgeruhten Kindern mehr als den gestandenen Männern, die dringend Schlaf brauchen«, sagte Melka und sah die Krieger lächelnd an.

Diese zuckten mit den Schultern. »Du bist der Kapitän, wir sagen zu ein paar Stunden Schlaf nicht Nein.«

»Wenn wir die Insel umrundet haben, segeln wir in diese Richtung«, erklärte Melka und zeigte den Weg mit dem Arm an. »Wenn ihr euch wach halten könnt …« Er sagte nichts weiter, sah aber zu Scha-Ra, damit dieser die endgültige Entscheidung treffen konnte.

»Ich kann ein Auge auf sie haben«, sagte Scha-Ra. »Ich bleibe auf und werde lesen.«

Melka nickte dankbar, berechnete den Kurs und zeichnete ihn auf der Karte ein. Er lehnte sich schwer gegen das Ruder, während er aß. Dann betrachtete er den Himmel. »Merkwürdig«, murmelte er.

Die anderen hörten beunruhigt auf zu essen und folgten seinem Blick. Der Himmel war klar, mit nur wenigen kleinen weißen Wolken. Doch am Horizont lag eine schwere dunkle Gewitterwolke. Ein kalter Hauch kam über das Meer geweht, und alle begannen zu frieren. Genauso schnell wie sie aufgetaucht war, löste sich die Wolke dann jedoch auch wieder auf.

»Das muss nichts zu bedeuten haben«, sagte der Zauberer leise, machte jedoch ein ernstes Gesicht.

Alak schaute Ilke besorgt an. Beide hatten sie die Wolke wiedererkannt.

Melka spülte seine Schüssel im Meer, und sofort schossen die Vögel herab, um die Reste zu ergattern. Er rekelte sich und gab Alak ein Zeichen, dass er das Ruder übernehmen könne. Dann gingen er und die anderen Aharam-Männer in den vorderen Teil des Bootes, um zu schlafen. Bald war der nächtliche Himmel dunkelblau. Sanft leuchteten der Mond und die Sterne auf das Meer hinunter.

Scha-Ra suchte sich einen Platz am Bootsrand, wo er eine Lampe anzündete und die *Phenomena* hervorholte. Arul legte sich ganz in der Nähe nieder und blinzelte zum Nachthimmel empor.

»Was meintest du damit, ich solle auf die Stimme in meinem Kopf achten?«, fragte Alak Scha-Ra.

»In der *Phenomena* steht etwas über ein Schwert, das im Merwihl-Gebirge versteckt ist. Das Schwert wartet auf die Auserwählten und soll sie in der Schlacht bei Gredom gegen

Tarkan leiten. Es gehörte einst Tarkan, als er dazu bestellt war, auf die Welt zu achten. Weha nahm es ihm, als er ihn aus Aldra verjagte. Weha warf es weg und schwor, dass die Völker von da an über ihr Schicksal selbst entscheiden sollten. Das Schwert landete im Merwihl-Gebirge, wo es nun unter Steinen und Erde liegt.«

»Aber was hat das mit der Stimme in Alaks Kopf zu tun?«, wunderte sich Ilke.

»Die Stimme gehört dem Schwert, das darauf wartet, dass ihr es findet. Es bereitet sich darauf vor, gemeinsam mit euch die Prophezeiung zu erfüllen.«

»Aber warum hört Ilke dann keine Stimme in ihrem Kopf?«, fragte Alak.

»Du bist es, der das Schwert benutzen soll, Alak«, erklärte der Zauberer. In der *Phenomena* steht über euch: ›Der eine wird Fürst der Weisheit und König der Gerechtigkeit sein und das Schwert der Weisheit tragen, die andere wird die Tochter des Frosts sein.‹«

»Ich bin die Tochter des Frosts«, sagte Ilke. »Hast du das gehört, Arul? Die Tochter des Frosts!«

»Das ist mir nicht neu«, brummte der Bär.

Er hatte die Augen geschlossen und war am Einschlafen.

»›Wenn der Tag gekommen ist, wird das Schwert der Weisheit mit lauter Stimme sprechen, und der, der es trägt, wird ihm Antwort geben. Ja, der König der Fürsten wird über die Ebene rufen und das Schwert wird ihm antworten. Sie werden einander zurufen, der eine mit seinem Herzen, der andere mit seinem Wissen, und beide werden sie Antwort erhalten‹«, fuhr Scha-Ra fort. »Versteht ihr, was ich euch da gerade vorgelesen habe?«

Alak und Ilke zappelten herum und nickten geistesabwesend.

»Niemand außer dir versteht es«, sagte Arul und gähnte. »Mit dem Buch ist es wohl wie mit der Zauberei: Du denkst, dass du es verstehst, bis du nichts mehr verstehst, und erst dann hast du wirklich verstanden.«

Alak und Ilke begannen zu kichern. Scha-Ra schüttelte resigniert den Kopf.

»Als Weha das Schwert schmiedete, gab er ihm die Eigenschaften ›Weisheit‹ und ›Gerechtigkeit‹. Tarkan weigerte sich jedoch standhaft, auf das Schwert zu hören, wenn es zu ihm sprach. Deshalb herrschte Tarkan ohne Weisheit und Gerechtigkeit«, sagte Scha-Ra.

»Es ist beinahe so etwas wie ein Gewissen«, sagte Alak.

»Eine kleine Stimme, die dir sagt, was du tun solltest. Und wenn du nicht auf sie hörst, verschwindet sie am Ende«, murmelte Arul.

»Ich dachte, du wärst eingeschlafen«, sagte Alak.

»Ich versuche einzuschlafen«, sagte Arul.

»Werde ich das Schwert tragen?«, fragte Alak und ignorierte den Unmut in der Stimme des Bären.

Scha-Ra nickte.

»Aber ich habe noch nie eine Waffe benutzt, ich weiß auch nicht, ob ich das überhaupt will«, gab Alak zu bedenken.

»Das Schwert ist eigentlich keine Waffe. Es soll dir nur helfen, das Richtige zu tun.«

»Aber in der Prophezeiung, die du vorgelesen hast, steht, dass es uns im Kampf gegen Tarkan, in der Schlacht bei Gredom, leiten soll. Das hört sich wie Krieg an.«

»Manchmal müssen wir Dinge tun, die wir nicht mögen«, sagte Scha-Ra. »Manchmal müssen wir kämpfen für das, woran wir glauben – gegen die Ungerechtigkeit. Manchmal bezahlen wir einen hohen Preis, wenn wir für die Gerechtigkeit kämpfen.«

»Ich bin so unsicher«, sagte Alak und setzte sich neben Scha-Ra.

»Deshalb musst du auf die Stimme in deinem Kopf hören und die richtige Entscheidung treffen, sie ist dazu da, dir zu helfen.«

»Wann werden wir das Schwert holen?«, mischte sich Ilke ein.

»Die Zeit ist noch nicht ganz reif, doch bald werden wir in Richtung Merwihl-Gebirge ziehen«, sagte Scha-Ra und las weiter.

Ilke stand auf und schwang den einen Arm, so als ob sie ein Schwert führen würde.

»Dein eigenes, sprechendes Schwert, das nur auf dich wartet«, sagte sie begeistert und tat so, als ob sie den Hieb eines unsichtbaren Feindes parieren würde.

»So toll ist das nicht. Ich finde es unangenehm, wenn jemand in meinem Kopf zu mir spricht«, anwortete ihr Bruder unglücklich.

Ilke nahm seine Hand und drückte sie vorsichtig.

»Ich habe doch nur Spaß gemacht. Es war nicht so gemeint«, sagte sie.

Bald löschte Scha-Ra seine Lampe und schaute zum Nachthimmel hinauf.

»Seht ihr den Stern, der heller leuchtet als die anderen?«

Alak und Ilke folgten seinem Finger mit den Augen, der nach oben auf Millionen von Sternen zeigte.

»Das ist der Polarstern. Der zeigt uns immer den Weg nach Norden. Er hat einen Schweif, der nach Westen weist, und wenn ihr genau hinschaut, dann könnt ihr erkennen, dass er einem kleinen Bären ähnelt.«

Scha-Ra zeigte ihnen dort oben eine ganze Welt: Bären, mächtige Krieger, Zauberer und Fische. Er nahm seine Zauberkräfte zu Hilfe, um für sie Figuren und Geschichten auf den nachtblauen Himmel zu zeichnen.

Ein mächtiges Meeresrauschen unterbrach sie. Alunaq stieg neben dem Boot auf einer Woge aus dem Meer empor.

»Er möchte, dass du weitererzählst«, sagte Alak zu Scha-Ra.

Und Scha-Ra zeichnete wieder Bilder an den Himmel, doch dieses Mal erzählte er die Geschichte des Meeresvolkes. Und der Polarstern wurde zu einem auf einer großen Welle reitenden Meermann.

Ilke schaute zu Alunaq. Es schien ihr, als hätte sie Tränen in seinem Gesicht gesehen. Ilke stand auf und ging zu dem Meerkönig. Als er sich zu ihr umdrehte, strich sie ihm über die Wange.

»Ich bin traurig, dass mein Volk – gerade weil wir so sehr geliebt haben – so viel Schmerz verursacht hat. Es ist immer leicht, *nur* das zu lieben, was es verdient hat, geliebt zu werden«, sagte Alunaq leise.

Er schöpfte etwas Wasser und formte daraus ein Armband, das er Ilke überreichte. »Damit werdet ihr von meinem Volk überall gut aufgenommen werden«, erklärte er und lächelte. Dann verschwand er wieder in der Tiefe.

Ilke legte sich das Armband um und betrachtete es. Es hatte zwar eine feste Form, sah aber so aus, als ob Wasser um ihr Handgelenk fließen würde.

Als die Sonne aufging und die Seevögel am Himmel schrien, waren die Elfenkinder völlig erschöpft. Endlich kam Leben in die schlafenden Krieger an Bord. Melka und die anderen gähnten und rekelten sich. Auch Scha-Ra und Arul setzten sich auf und rieben sich den Schlaf aus den Augen.

»Danke für die Hilfe. Das habt ihr gut gemacht«, sagte Melka zu den Elfenkindern und übernahm das Ruder.

Alak und Ilke lächelten stolz. Arul nahm beide Elfenkinder hoch und trug sie in den vorderen Teil des Bootes. Dort breitete er einige Decken über sie.

»Ihr werdet sehen, wenn ihr wieder aufwacht, sind wir schon da«, sagte er und strich ihnen über die Haare.

Die Kinder lächelten und zwinkerten einander verschwörerisch zu, bevor sie einschliefen.

# Häuptling Alam

Alak und Ilke konnten die Küstenstadt Emblaz schon lange sehen, bevor sie in den Hafen einfuhren. Sie standen stundenlang an der Reling und schauten.

»Mach den Mund zu«, sagte Ilke zu Alak. »Man könnte ja gerade glauben, du hättest so etwas noch nie gesehen.«

Alak drehte sich verlegen zu ihr um. »Ich *habe* auch noch nie so etwas gesehen«, sagte er.

»Das muss man dir aber nicht *ansehen*.«

Zwei hohe Leuchttürme ragten vor ihnen in die Höhe und wiesen den Booten, die in den Hafen von Emblaz wollten, den Weg. Drachenritter aus Kedlar-Wuhr kreisten über ihnen in der Luft, kleine und große Fahrzeuge segelten in den Hafen hinein und andere verließen ihn wieder. Ihrem Schiff näherte sich ein kleines Boot, das von selbst zu fahren schien. Vier Männer standen sehr aufrecht in der Mitte des Bootes, und vorn thronte ein kleiner dicker Mann in roter Uniform.

Scha-Ra und Arul stellten sich zu den Elfenkindern, während Melka und die anderen Aharam-Männer die Segel einholten.

»Wie kann dieses Boot von selbst fahren?«, fragte Alak.

»Es fährt mithilfe von Wasserkraft«, erklärte Scha-Ra. »Ein kleiner Motor vorn im Boot saugt das Wasser an und bläst es mit gewaltiger Kraft hinten wieder hinaus. Mit diesem Antrieb fährt es.«

»Und wer sind diese Männer?«, fragte Ilke.

»Das sind der Hafenmeister und seine Soldaten. Sie bewachen den Hafen.«

Alak und Ilke hingen über der Reling, um alles gut sehen zu können, als das Boot neben ihrem Schiff zum Stehen kam. Melka ging nach vorn und streckte dem Hafenmeister die Hand entgegen, um ihm an Bord zu helfen. Die Soldaten folgten ihm und durchsuchten das Schiff. Sie hatten lange Haare, die mit silbernen Bändern hochgebunden waren, und trugen flatternde schwarze Umhänge. Am Gürteln hatte jeder ein glänzendes Schwert.

»Was ist der Zweck eures Besuches in Emblaz?«, fragte der Hafenmeister mit kräftiger und deutlicher Stimme.

»Wir kommen als Gäste und wollen Häuptling Alam aufsuchen. Wir haben einen Brief von seinem Cousin, dem Häuptling des Aharam-Volkes«, sagte Melka und überreichte den Brief.

Der Hafenmeister nahm den Brief und las ihn langsam und gründlich. Dann reichte er ihn Melka und rief seine Soldaten zurück.

»Wie lange wollt ihr ankern?«, fragte er und zog ein Notizbuch aus seiner Uniformtasche.

»Zwei Tage«, antwortete Melka.

Der Hafenmeister machte sich eine Notiz und nickte.

»Die Wachen des Häuptlings kommen heute Abend und werden euch begleiten.«

Er gab seinen Leuten den Befehl, das Boot zu wenden, dann verschwanden sie in Richtung Land.

»Die Meheret-Leute sind etwas formell, aber man gewöhnt sich daran«, sagte Melka. Dann gab er seinen Männern ein Handzeichen, und sie ruderten in den Hafen hinein. Alak und Ilke standen neben Scha-Ra vorn und betrachteten das ausgelassene Leben an Land. Ein Drachenritter schwebte neben dem Boot und winkte ihnen zu. Der eine Flügel schnitt ein wenig das Wasser, als er sich auf die Seite legte und wieder gen Himmel verschwand.

»Die Drachenritter haben den Schmuck angefertigt, den du um den Hals trägst«, sagte Scha-Ra und lächelte.

Ilke zog das Amulett hervor und schaute es sich an.

»Wie hast du es bekommen?«, fragte Alak.

»Wärt ihr erstaunt, wenn ich euch erzählen würde, dass ich, als ich jünger war, ein Drachenritter war?«

Sie starrten ihn sprachlos an.

Scha-Ra lächelte und schaute nach oben in die Luft. »Sind sie nicht elegant?«, sagte er und ging zu Melka ans Ruder.

»Das hat er nur gesagt, um uns neugierig zu machen«, sagte Alak.

Jetzt näherten sie sich dem Kai, der auf Pfählen gebaut war. Mehrere große Boote lagen dort vertäut. Als sie einen Ankerplatz gefunden hatten, gingen sie an Land.

Fischer, Handelsleute und Bauern standen auf der Straße und boten ihre Waren feil.

»Hier ist es ziemlich laut«, sagte Ilke.

Arul war derselben Meinung.

»Können wir das Ahmel ein bisschen ausführen«, fragte ihn Alak.

Arul nickte. »Es wird ihm guttun, ein wenig Bewegung zu bekommen.«

Das Tier erhob sich freudig, als er gerufen wurde und ließ sich einen Gurt um den Bauch binden, damit es auf den Pier gehieft werden konnte.

»Bleibt aber in der Nähe«, sagte Scha-Ra, als Alak und Ilke auf den Rücken des Ahmels kletterten. »Arul und ich gehen in die Wirtshäuser, um mit den Leuten zu reden. Ich muss etwas mehr über das Volk der Drughs in Erfahrung bringen, bevor wir weiterreisen.«

»Wir bleiben nicht lange«, antworteten die Kinder im Chor und machten sich auf.

Alak und Ilke ritten das Ahmel staunend durch die geschäftigen Straßen. In einer so großen Stadt waren sie noch nie gewesen, und sie fanden das Leben hier spannend, mit all den Leuten, die hin und her schwirrten. Einige sahen so aus, als ob sie wüssten, wohin sie wollten, andere liefen scheinbar ziellos umher. Die Straßen waren zwar gepflastert, doch auf beiden Seiten flossen Bäche von Schmutzwasser, in dem allerlei Unrat schwamm. Die Luft hier war anders, als sie sie gewöhnt waren: In Emblaz war es warm und drückend, es roch übel nach Abfall und Schweiß. Eine sanfte Brise erleichterte allerdings das Atmen.

Alak brachte das Ahmel zum Stehen und ließ eine dicke Frau, die einen Wagen hinter sich herzog, vorbei.

»Bitteschön!«, sagte Alak und lächelte.

Die Frau erwiderte jedoch nichts, sondern hastete wortlos davon.

»Hier lächeln nicht viele«, sagte Ilke.

»Dafür haben sie wohl keine Zeit«, sagte Alak.

Weiter unten in der Straße stand ein kräftiger Mann mit bloßem Oberkörper vor einem Zelt und rief aus vollem Halse.

»Sklaven, schöne Sklaven, Sklaven aus dem ganzen Land!«, hörten sie ihn rufen, als sie näher kamen. Alak merkte, wie ihm ein kalter Schauer den Rücken hinunterlief. Ilke zitterte vor Wut.

»Damit ist jetzt Schluss«, zischte sie.

»Komm bloß nicht auf dumme Gedanken!«, sagte Alak besorgt.

Doch Ilke war bereits vom Ahmel gesprungen und auf dem Weg zum Sklavenhändler. Sie ging schnurstracks an ihm vorbei und schaute ins Zelt, in dem fünf Sklaven an den Boden gekettet saßen.

»Bist du nicht etwas zu klein, um hier zu handeln?«, fragte der Mann und packte Ilke. »Ich kenne ein paar Läden weiter unten in der Straße, wo du dir eine schöne Puppe kaufen kannst.«

Sie schaute wütend zu ihm hoch. »Lass mich los!«, rief sie drohend.

»Ilke, ich glaube, wir sollten weiter«, rief Alak. Ihm war gar nicht wohl bei der Sache.

Außerdem blieben bereits Passanten stehen, um dem Streit zuzusehen.

Das Ahmel und Alak wurden von der Menge nach hinten gedrückt. Bald konnte Alak Ilke nicht mehr sehen.

»Wie kannst du andere so behandeln?«, zischte Ilke und riss sich von dem Mann los.

Sie lief in das Zelt und ergriff einen der Bolzen, an dem die Ketten befestigt waren.

»Wasser!«, flüsterte einer der Naqus. Er war ganz grau im Gesicht, seine Haut war trocken und er hatte blutunterlaufene Augen.

Statt einer Antwort zog Ilke den Ärmel ihrer Jacke hoch und zeigte ihm den Schmuck, den sie von Alunaq bekommen hatte.

Er lächelte und schaute sie an, dann berührte er das Schmuckstück, und sofort floss die Kraft des Wassers durch ihn hindurch. Langsam wurde seine Haut wieder blau wie das Meer. Mit funkelnden blauen Augen schaute er zu ihr auf.

»Danke. Ich heiße Azür«, sagte er.

Ilke fror den Bolzen zu Eis, schlug ihn mit der Faust entzwei und Azür erhob sich.

Schnell hob er die Zeltwand an und verschwand nach draußen. Eine kräftige Hand ergriff Ilke und hob sie hoch. Sie wirbelte herum und schaute in das zornige Gesicht des

Sklavenhändlers. Abwehrend hob sie ihre Hand. »Lass mich los, du Untier!«, zischte sie.

Die Menge der Schaulustigen wurde immer größer. Alak sprang vom Ahmel und boxte sich durch die Menge in Richtung Zelt. Der Sklavenhändler stand dort mit einer großen Peitsche in der Hand. Auf dem Boden lag Ilke – bewegungslos. Alak spürte, wie die Wut in ihm kochte. Gerade, als der Mann die Peitsche hob, um zuzuschlagen, sprang Alak ihn zornig an. Schnell wie der Wind schlug er ihm die Peitsche aus der Hand, und noch bevor der Sklavenhändler reagieren konnte, hatte ihm Alak die Beine weggetreten, so dass er zu Boden stürzte. Wenn es darauf ankam, konnte Alak kämpfen, wie Arul es ihm beigebracht hatte. Der Junge schaute zu Ilke hinüber. Sie lag noch immer da, ohne sich zu rühren.

»Ilke«, rief er und beugte sich über sie.

Benommen öffnete sie die Augen und lächelte Alak mit verschleiertem Blick an.

»Ich habe ihn angefroren.«

Alak drehte sich um und sah, wie der Sklavenhändler dabei war, sich auf die Ellenbogen zu stützen. Ein kleiner, gefrorener Handabdruck war auf seiner Wange zu erkennen.

Die Menge zog sich vom Zelteingang zurück, als fünf Soldaten sich näherten. Der Sklavenhändler zeigte auf Alak und Ilke.

»Die haben mich niedergeschlagen und einen meiner Sklaven entkommen lassen.«

Die Soldaten näherten sich mit gesenkten Speeren. Sie zwangen Alak auf die Knie und banden seine Arme auf dem Rücken zusammen. Dann wurden beide aus dem Zelt geführt.

»Ist alles in Ordnung mit dir?«, flüsterte Alak.

Ilke nickte. »Mein Kopf tut nur etwas weh.«

Sie wurden zu einer großen Burg mit hohen Mauern geführt. Am Tor hielten sie an. Die Soldaten mussten sich ausweisen, bevor sie von den Wachen eingelassen wurden. Sie gingen über einen mit Kies bestreuten Vorplatz, eine Treppe hoch und zu einer Eisentür, vor der wieder zwei Wachen standen. Die Soldaten mussten erneut ihre Papiere vorzeigen, ehe sie hineingelassen wurden.

Hinter der Tür war ein langer Gang, der von großen, von der Decke hängenden Öllampen erleuchtet war. Er endete in einem großen Raum, in dem eine mit Essen und Getränken gedeckte Tafel stand. Am oberen Ende saß der Häuptling und neben ihm zwei Personen, die nach Alaks Einschätzung Schurtokks sein mussten. Sie sahen aus wie ihr Brudervolk, die Murtokks, waren jedoch hochgewachsen und trugen eine andere Haartracht. Sie waren in Seide und fein gewebte Stoffe gekleidet.

»Alak«, flüsterte Ilke.

»Ich habe sie gesehen«, sagte ihr Bruder.

Der Häuptling saß auf einem Stuhl mit einer hohen Lehne, die mit vergoldeten Schnitzereien verziert war. Alak und Ilke wurden gezwungen, vor ihm auf die Knie zu fallen.

»Was ist das Besondere an diesen Kindern?«, fragte der Häuptling die Schurtokks.

»Reicht es nicht zu wissen, dass sie in deiner Stadt Unruhe stiften?«

»Wohl kaum mehr Unruhe, als die, die eure Soldaten veranstalten, wenn sie Freigang haben und sich betrinken«, murmelte der Häuptling. Er stand auf und hockte sich vor Alak hin. »Ich bin Häuptling Alam«, sagte er.

»*Ihr* seid Häuptling Alam?«, fragte Alak ungläubig. »Wir kommen von Häuptling Eramam. Er sagte, Ihr würdet uns helfen, wenn wir nach Emblaz kommen. Der Zauberer Scha-Ra ist mit uns unterwegs.«

Der Häuptling zuckte zusammen, stand auf und setzte sich wieder auf seinen Thron. »Tja, dann haben wir ein Problem.«

»Ein Problem?«, fragte einer der Schurtokks.

Häuptling Alam gebot seinem Gast mit einer Handbewegung zu schweigen. Alak und Ilke konnten sehen, dass die Schurtokks sich beherrschen mussten. Sie waren ganz offensichtlich nicht an die Arroganz des Häuptlings gewöhnt.

»Das sind keine gewöhnlichen Kinder. Tatsächlich spielen sie eine wichtige Rolle für den, der in unserem Teil des Reiches die Macht gewinnen wird«, sagte er wütend zu den Schurtokks und beugte sich zu den Kindern hinunter.

Der eine Schurtokk trat vor und stellte sich zwischen Häuptling Alam und Alak und Ilke.

»Häuptling, darf ich dich daran erinnern, mit wem du es zu tun hast? Wir bezahlen dich für deine Loyalität!«

Alam hob zornig einen Finger und drohte dem Schurtokk.

»Sei vorsichtig mit dem, was du sagst. Ich kann meine Gastfreundschaft jeden Augenblick vergessen und euch in den Kerker werfen lassen!«

Der Schurtokk ballte die Fäuste und starrte den Häuptling ungläubig an. Der andere

Schurtokk versuchte währenddessen aufgeregt, seinen Kameraden zu beruhigen.

»Ihr habt mich in ein ziemliches Dilemma gebracht«, sagte Häuptling Alam zu Alak und Ilke und strich sich übers Kinn, »weil ihr mit Scha-Ra als Gäste meines Cousins Eramam hierhergekommen seid. *Das* hattet ihr wohl ›vergessen‹ zu erzählen«, sagte er ungehalten zu den Schurtokks.

Der eine Schurtokk lächelte schadenfroh.

»Du erfährst genau das, was unser Kaiser für angemessen und wichtig für deine Aufgabe hält«, sagte der andere freundlich und verbeugte sich.

»Meine Aufgabe!«, brüllte Häuptling Alam und sprang auf.

»Ich muss eine Stadt verwalten, mich um ein Volk kümmern! Mein Cousin, Häuptling Eramam, hat sie zu mir gesandt und das bedeutet, dass ich verpflichtet bin, sie gut aufzunehmen und dafür zu sorgen, dass sie sicher weiterreisen können. Was den Zauberer Scha-Ra betrifft, so ist das jemand, gegen den ich mich nicht auflehnen möchte!« Er sank kraftlos in den Thron zurück. »Jedenfalls nicht vor aller Augen«, fügte er murmelnd hinzu.

»Die Absprache war, dass du uns die beiden

Kinder auslieferst, sobald sie auftauchen«, sagte der Schurtokk.

Häuptling Alam, deutlich unter Druck, schaute sie verschlagen an. »Die Absprache ist jetzt eine andere«, schnaubte er. »Doch was mit ihnen geschieht, *wenn* sie mein Reich verlassen haben, geht mich nichts an.«

Alak sah eine Möglichkeit, noch einmal davonzukommen. »Verehrter Häuptling!«, begann er und neigte den Kopf. »Ich hoffe, das bedeutet, dass wir jetzt gehen dürfen.«

Der Häuptling blickte düster vor sich hin. »Davon habe ich nichts gesagt«, zischte er.

Da hatte Ilke genug. Sie warf sich nach vorn und biss den Häuptling ins Handgelenk. Dann sah sie ihm zu, wie ihn die Kälte in den Thron drückte. Angst spiegelte sich in seinem Gesicht und der eine Schurtokk trat einen Schritt vor und hob sein Schwert.

»Nein!«, schrie Alak und warf sich auf ihn.

Das Schwert traf Ilke mit der flachen Seite über der Schläfe. Sie fiel nach hinten und blieb leblos liegen.

»Ist sie tot?«, flüsterte Häuptling Alam und hielt den gefrorenen Arm fest.

Der Schurtokk ging zu Ilke und beugte sich über sie.

»Du hast Glück, sie lebt«, sagte er. »Kaiser Hamriesch möchte sie lebend haben.«

Alak atmete erleichtert auf.

Häuptling Alam wedelte aufgebracht mit der Hand in der Luft herum. »Steckt sie in den Kerker. Ich entscheide später, was mit den beiden geschehen soll. Ich erwarte jeden Augenblick Scha-Ra, und wenn er erfährt, dass ich mit den Schurtokks über ihr Schicksal verhandle …« Er beendete den Satz nicht, sondern beugte sich über die gefrorene Hand und winselte leise vor Schmerz.

Der eine Schurtokk hob Ilke unsanft vom Boden auf. Dann wurden die Elfenkinder gefesselt aus dem Raum geführt.

# Der Kerker

Alaks Hände waren auf dem Rücken gefesselt und der Strick schnitt ihm die Handgelenke. Trotzdem versuchte er, sich auf den Weg zu konzentrieren, den sie zum Kerker nahmen, damit sie zurückfänden, falls sie eine Chance zur Flucht hätten. Die Schurtokks führten sie durch eine Tür im hinteren Teil des Thronsaals und eine steile Wendeltreppe hinunter. Nur mühsam kamen die Kinder die Treppe hinunter. Wasser lief an den Wänden herab und sammelte sich in kleinen Pfützen. Es war kühl, und Alak begann zu frieren, denn die wenigen Öllampen an der Wand spendeten keine Wärme. Jetzt kamen sie in einen langen Gang mit Eisentüren zu beiden Seiten. Die Schurtokks öffneten eine Tür, lösten die Stricke um die Handgelenke der Kinder, legten Ilke auf den Boden des Raumes und schoben Alak hinterher. Unruhig schaute sich der Elfenjunge um. Im Halbdunkel konnte er einen Mann ausmachen, der auf einer Bank an der Wand lag. Drei andere saßen auf dem Boden. Ein starker, übler Geruch drang ihm in die Nase, und er konnte weit oben in der einen

Wand ein kleines Fenster erkennen, durch das ein schwaches, bleiches Licht in die Zelle fiel. Das Wasser, das die Steinwände herabrieselte, machte das Stroh auf dem Boden feucht.

Alak half Ilke vom Boden auf.

»Verzeihung!«, sagte er zu dem Mann auf der Bank. »Meine Schwester ist verletzt, sie muss sich hinlegen, aber das Stroh auf dem Boden ist nass.«

»In der Ecke dort ist Platz«, sagte der Fremde, ohne aufzublicken.

»Der Boden ist nass und meine Schwester blutet«, wiederholte Alak.

Mit einem ärgerlichen Knurren richtete der Mann seinen muskulösen Oberkörper auf. Ein tätowierter Drache schlängelte sich von dem einen Arm über den Rücken den anderen Arm hinunter und ringelte seinen Schwanz um die Hand des Mannes.

»Ich glaube, du hast nicht gehört, was ich gesagt habe«, sagte er leise.

Alak schaute sich um. Die anderen verfolgten neugierig das Geschehen, und der Junge entschied, dass jetzt nicht der richtige Zeitpunkt für einen Streit war. Deshalb hob er Ilke hoch und trug sie zu der Wand mit dem Fenster. Dort setzte er sich und legte Ilkes Kopf in seinen Schoß. Vorsichtig strich er ihr über das

Haar, schaute zum Lichtstreifen empor und fragte sich, ob sie hier jemals wieder herauskämen.

»Wo sind wir?«, murmelte Ilke nach einer Weile und fasste sich an die Stirn.

»Tut es weh?«, fragte Alak.

Sie nickte und blinzelte. »Wie sind wir hierhergekommen?«

»Die Soldaten haben uns hier eingesperrt, und ich weiß nicht, wie lange wir in diesem Loch bleiben müssen«, sagte Alak.

»Ihr werdet noch lange hierbleiben«, krächzte eine unfreundliche Stimme aus einer dunklen Ecke. Sie lachte trocken und rau.

»Wir sind nicht allein«, flüsterte Alak Ilke ins Ohr.

Das Elfenmädchen schaute sich in der Zelle um. Nachdem sich ihre Augen an die Dunkelheit gewöhnt hatten, konnte sie die Umrisse der anderen erkennen. Der mit der rauen Stimme saß mit dem Rücken gegen die Metalltür gelehnt und knabberte an etwas, das wie eine tote Ratte aussah.

»Was meinst du mit ›lange‹?«, fragte Ilke.

»Hierher werden nur die gebracht, die Alam niemals wiedersehen will. Verstehst du? Wenn du erst einmal hier gelandet bist, dann, um vergessen zu werden – für immer.«

»Wir sind doch nur Kinder«, begann Ilke.

»Deshalb habt ihr Glück. Kinder halten es hier nicht lange aus, die sterben schnell.«

»Wer bist du?«

»Ich bin Ponjak. Früher war ich ein stolzer Wolfsritter, jetzt bin ich nur noch stolz.« Er lachte wieder.

»Der Boden ist nass«, sagte Ilke zu Alak. »Wir müssen einen trockenen Platz zum Sitzen finden, sonst werden wir krank.« Sie stand auf und wollte zur der Bank gehen.

Alak griff nach ihrer Jacke. »Vergiss es!«, sagte er.

Ilke schaute ihn an. »Ich werde *nass*«, sagte sie, und Alak ließ sie los.

»Das ist meine Bank«, zischte der Mann, als sie sich ihm näherte.

»Hier ist Platz für mehr als einen«, sagte Ilke und setzte sich neben ihn.

Er schubste sie wütend auf den Boden.

»Hast du nicht gehört, was ich gesagt habe? Das ist meine Bank!«, brüllte er und funkelte sie böse an.

»Akunin, lass sie in Ruhe, sie ist doch nur ein Kind«, sagte Ponjak vorsichtig.

»Niemand hat dich gebeten, ihren Aufpasser zu spielen«, zischte Akunin zurück.

»Wir werden krank, wenn wir auf dem feuchten Boden sitzen müssen«, sagte Ilke.

»Wenn ihr krank werdet und sterbt, kriegen wir hier mehr Platz«, murmelte Akunin.

Alak sah, wie sich der Zorn in Ilke sammelte. Sie ballte die Fäuste und beugte den Kopf.

»Tu ihm nichts, Ilke. Er ist nicht wichtig, er ist nur ein armer Narr«, sagte Alak leise.

»Wenn du dich traust, dann sag das noch mal, Junge! Dann reiße ich dir den Kopf ab!« Akunin schnellte von der Bank hoch und stand mit erhobener Hand über Alak.

»Ein Kind schlägt man nicht!« Ponjak hatte Akunins Arm ergriffen und hielt ihn fest.

Akunin drehte sich um und starrte ihn an. »Lass mich sofort los!«, knurrte er.

Ponjak wich zurück und ging an seinen Platz zurück. Akunin warf sich von hinten auf ihn, drückte ihn zu Boden und presste sein Gesicht in das nasse Stroh. »Vergiss nicht, wer hier das Sagen hat!«, zischte er.

Alak sprang den Mann an und gab ihm ein paar Schläge in die Seite. Akunin drehte sich und versuchte, einen Schwinger zu landen. Doch Alak duckte sich und schlug ihm in den Magen.

»Weiter so, Alak!«, rief Ilke begeistert. »Das müsste Arul sehen!«

Akunin wimmerte und ging ein paar Schritte zurück.

Ponjak stand auf und stellte sich vor Alak.

»Lass ihn in Ruhe. Die Soldaten bezahlen ihn für Spitzeldienste. Sie erfahren von ihm, was in der Zelle los ist. Wenn du Ärger mit ihm anfängst, plaudert er. Sie beschützen ihn.« Ponjak drehte sich um und sah Akunin verächtlich an.

»Jetzt ist es zu spät! Daran hättest du denken sollen, als du den Streit begonnen hast«, grinste Akunin.

Im Gang hallten Schritte, eine Wache schaute durch das kleine vergitterte Fenster in der Tür. Dann hörten sie, wie jemand aufschloss. Das Licht vom Gang erhellte die Zelle, als vier Wachen mit kurzen Schwertern eintraten. Sie trugen Kettenhemden und schwarze, bis zum Boden reichende Umhänge. Einer von ihnen hatte einen schweren Knüppel in der Hand. Er sah sich aufmerksam um, worauf die Gefangenen sich noch tiefer in den Schatten verkrochen.

»Gibt es ein Problem?«, fragte der Wächter und schaute zu Akunin.

Dieser lächelte hämisch und zeigte mit dem Finger auf Alak.

»Hast du etwa Probleme mit einem Kind?«, fragte der Wächter lächelnd.

Die anderen Soldaten grinsten breit.

Da überlegte es sich Akunin anders und deutete mit einem zittrigen Finger auf Ponjak.

»Er war es«, sagte Akunin. »Ponjak macht Ärger.«

Wortlos ergriff der Wächter Ponjak und zerrte ihn zu den anderen Soldaten.

Alak sprang hinzu und griff nach dem Arm des Wächters. »Ich war es. Ponjak ist unschuldig.«

Der Soldat drehte sich um. »Junge, halt die Klappe! Sei froh, dass wir dich nicht auch noch mitnehmen.« Er gab Alak einen kräftigen Stoß, so dass er auf den Rücken fiel. Die Tür fiel ins Schloss, und sie hörten, wie die Schritte im Gang immer leiser wurden.

In der Zelle war es absolut still. Nach einer Weile hörten sie eine schwere Eisentür zuschlagen. Einer der Gefangenen hielt sich die Ohren zu und duckte sich, den Kopf zwischen den Knien. Alak schaute unsicher zu Akunin, der mit einem zufriedenen Lächeln dasaß. Dann hörten sie einen Schrei. Alak und Ilke fuhren zusammen.

»Was war das?«, rief Ilke.

»Die Soldaten peitschen ihn aus. Er hat

Glück, wenn er stirbt, bevor sie mit ihm fertig sind«, lachte Akunin höhnisch.

Er wurde von einem weiteren Schrei unterbrochen.

Ilke hatte das Gefühl, als setzte sich der Schrei in ihrem Kopf fest und wollte nicht wieder verschwinden. Sie lief zur Tür und umklammerte die Gitterstäbe der Fensteröffnung. Alak ging zu ihr und umarmte seine Schwester, um sie zu trösten. Die Schreie wurden lauter, und Ilke zitterte so sehr, als ob der Schmerz, den Ponjak erlitt, durch sie hindurchschoss. Sie spannte den Körper an und ließ eine Frostwelle aus ihren Händen schießen. Das Wasser an den Wänden gefror sofort zu Eis und das Gitter sprühte Funken und knackte in der Kälte. Die Zelle begann zu zittern und Mauerputz rieselte von der Decke.

Akunin kroch verängstigt in eine Ecke und versuchte sich zu verstecken. »Gnade! Nimm die Bank, aber verschone mein Leben!«, schrie er und hielt die Hände schützend über den Kopf.

Alak schaute ihn voller Abscheu an, bevor er versuchte, Ilke zu beruhigen. Doch das war schwierig. Wegen der Kälte konnte er sie nicht berühren, und sprechen wollte sie auch nicht mit ihm.

»Alak!« Er hörte Scha-Ras Stimme vor der Tür.

»Hier sind wir!«, rief Alak, so laut er konnte.

Er sah Aruls Schnauze hinter dem Fenster auftauchen. Ilke hing an den Gitterstäben, ganz bleich im Gesicht und den Kopf nach hinten gelegt.

»Kannst du mit ihr reden? Hört sie dich?«, fragte Scha-Ra.

»Ich habe es versucht«, sagte Alak. »Aber ich kann sie nicht anfassen, sie ist zu kalt.«

»Ich mach das«, sagte der Winterbär.

Arul ergriff durch die Gitterstäbe hindurch ihre Hände und streichelte sie vorsichtig. Es schien, als ob Ilkes Körper sich tatsächlich entspannte, und dann schaute sie auf.

»Arul«, flüsterte sie und ließ die Stäbe los.

Der Winterbär ergriff die Tür und riss sie aus den Angeln.

Alak lief den beiden Rettern entgegen und schlang seine Arme um sie.

Scha-Ra beugte sich zu Ilke hinunter. »Du musst sie tragen, Arul. Sie ist so kalt, dass ich Frostschäden bekomme, wenn ich es versuche. Wir müssen uns beeilen. Melka und die anderen stehen schon bereit. Wir legen sofort ab, wenn wir an Bord sind.«

»Wie habt ihr uns gefunden?«, fragte Alak. »Wir dachten schon …« Er begann vor Freude zu schluchzen.

Scha-Ra hielt ihn in seinen Armen. »Ich spürte euren Herzschlag und eure Wärme in dem Augenblick, als ich die Burg betrat«, sagte er und lächelte Alak an. »Wir haben sofort begriffen, dass etwas passiert sein musste, als dein Ahmel ohne euch zurückkam.«

»Außerdem hatte der Häuptling einen gefrorenen Arm«, sagte Arul. »Das war nicht so leicht zu verbergen, nicht wahr, Häuptling?«

Häuptling Alam stand im Gang vor der Zelle. Er nickte verlegen und sah zu Boden.

»Ohne seine Soldaten oder die Schurtokks, die ihn beschützen, ist er nicht so mutig«, sagte Arul und knuffte den Häuptling.

»Du solltest vorsichtig sein, Scha-Ra«, fauchte Alam. »In der Burg wimmelt es nur so von meinen Soldaten. Es war schlau, dass du mich alleine sprechen wolltest, aber bald werden sie sich fragen, wo ich geblieben bin.«

»Du verstehst nicht, worauf du dich da eingelassen hast«, seufzte Scha-Ra. »Du tust mir wirklich leid. Du hast dich in einem Krieg, von dessen Ausmaß du nicht die leiseste Ahnung hast, auf die Seite der Schurtokks gestellt. Die verdingen sich bei Tarkan, und wenn du nicht aufpasst, wirst du, ehe du dich's versiehst, bei der großen Schlacht auf Tarkans Seite stehen.«

Alam lachte kurz und laut. »Ich möchte dir nicht zu nahe treten, Scha-Ra, aber die Geschichte von Tarkan gehört zu den Märchen, die am Lagerfeuer erzählt werden. Meine Beziehungen zu den Schurtokks sind reine Handelsbeziehungen. Sie haben ein großes Reich aufgebaut und brauchen Waren, die wir ihnen liefern. Sie verdingen sich nicht bei irgendeinem Schattenfürsten, der nur in deiner Fantasie existiert.«

»Du tust mir leid«, sagte Scha-Ra. »Deine Selbstherrlichkeit verschleiert deinen Blick. Und dein Volk tut mir leid, das einen solchen Egoisten zum Häuptling hat.«

Arul schubste Häuptling Alam weiter den Gang hinunter. Als sie an einer Eisentür vorbeikamen, hörten sie einen Peitschenschlag und einen Schmerzensschrei, der ihnen das Blut in den Adern gefrieren ließ.

»Wir können nicht ohne Ponjak gehen«, flüsterte Ilke.

Arul sah Scha-Ra hilflos an. Er wusste, dass jede Sekunde zählte. Bald würden sie Alams Soldaten auf den Fersen haben.

»Wir wissen nicht, wie viele Wachen dort

drin sind«, sagte Scha-Ra. »Das könnte zu gefährlich werden.«

Arul schaute Ilke an und schüttelte traurig den Kopf.

»Dann bleibe ich hier«, sagte sie und versuchte, sich aus seinen Pfoten zu befreien.

Arul setzte Ilke ab und sah wieder zu Scha-Ra. Diesmal beinahe flehentlich.

»Dafür haben wir jedenfalls keine Zeit«, seufzte der Zauberer und gab dem Winterbären ein Zeichen mit der Hand.

Das ließ Arul sich nicht zweimal sagen. Mit Macht schlug er die Tür samt Rahmen aus der Mauer. Häuptling Alam hielt die Hände über den Kopf und drückte sich ängstlich an die Wand. Alak und Ilke standen direkt hinter Arul und schauten in den Raum. Ponjak war mit ausgestreckten Armen und Beinen an die Wand gekettet. Ein Soldat holte gerade aus, als ihm Arul die Peitsche aus der Hand riss und ihn mit der anderen Tatze niederschlug. Scha-Ra befreite währenddessen Ponjak von den Ketten und stützte ihn.

»Kannst du laufen?«, fragte Scha-Ra Ponjak.

Der nickte und versuchte aufzustehen, doch die Beine gaben unter ihm nach. Scha-Ra und Alak halfen ihm hoch.

»Wir nehmen ihn zwischen uns«, sagte Scha-Ra.

»Häuptling Alam ist weg!«, rief Arul.

Sie hörten seine Schritte auf der Wendeltreppe und erschraken.

»Ihm nach!«, rief Scha-Ra.

Arul ergriff Ilke und in Windeseile sprangen sie die Treppe hoch.

»Wir müssen uns beeilen«, rief Scha-Ra Alak zu. Er wirkte plötzlich sehr aufgeregt.

Am oberen Ende der Wendeltreppe musste Arul zwei Wachen außer Gefecht setzen. Aber ausgerechnet in dem Augenblick, als Scha-Ra die Tür zum Hof öffnete, schrie Häuptling Alam aus voller Kehle nach seinen Männern. Mit seiner freien Hand packte Arul ihn und schüttelte den Schreihals am Kragen.

»Noch ein Pieps und ich brech dir das Genick«, fauchte er den verängstigten Häuptling an.

»Lass ihn los«, sagte Scha-Ra. »Wir müssen uns beeilen.«

Gehorsam ließ der Junge Alam los und lief mit Ilke durch das Haupttor hinaus.

Ponjak hing schlaff zwischen Alak und Scha-Ra. Seine Füße schleiften über den Boden.

»Lasst mich liegen, ich halte euch nur auf«, flüsterte er.

»Er hat recht«, sagte Scha-Ra außer Atem. »Es geht nicht, die Soldaten des Häuptlings werden gleich hier sein.«

»Wir können ihn aber nicht einfach zurücklassen«, sagte Alak.

»Das werden wir auch nicht, ich nehme ihn. Lauf jetzt!«, sagte Scha-Ra und bedeutete dem Elfenjungen, Arul zu folgen.

Alak begriff nicht, was das sollte, als Scha-Ra Ponjak hinter sich in eine Seitenstraße zog.

»Beeil dich, Alak! Lauf zum Hafen hinunter!«, rief der alte Zauberer hektisch.

Alak wusste nicht, was er machen sollte. Er konnte Scha-Ra und Ponjak doch nicht einfach zurücklassen! Andererseits …

»Lauf!«, hörte er da die Stimme in seinem Kopf laut und deutlich sagen und atmete erleichtert auf. Dann drehte er sich um und rannte aus Leibeskräften die Straße hinunter. Er hörte, wie die Soldaten ihm nachrannten, traute sich aber nicht, sich umzudrehen.

»Die Straße entlang«, sagte die Stimme.

»Das ist ein Umweg«, flüsterte Alak, doch seine Beine gehorchten der Stimme im Kopf.

Alak spürte Blut im Mund und das Atmen tat ihm weh. Egal wie schnell er lief – die Soldaten schienen immer näher zu kommen.

Plötzlich knallte es hinter ihm. Alak erschrak fast zu Tode, stolperte, verlor den Halt und schlug aufs Pflaster.

»Dort ist er!«, rief einer der Soldaten.

Jetzt gab es kein Entkommen mehr: Alak musste alle seine Kräfte zusammennehmen und so schnell er konnte zum Kai hinunterlaufen. Sein ganzer Körper schmerzte nach dem Sturz, aber das trieb ihn nur an, noch schneller zu laufen.

Währenddessen half Scha-Ra Ponjak ins Boot.

»Vorsichtig, er ist verletzt«, sagte Ilke.

»Wir sind für die Abreise bereit«, sagte Melka. »Wollen wir ablegen?«

»Und das Ahmel?«, fragte Ilke. »Ist es hier?«

Melka lächelte. »Es war zwar nicht begeistert davon, wieder angebunden zu werden, aber es ist tatsächlich hier.«

»Häuptling Alam hatte die Kinder in seiner Gewalt«, sagte Scha-Ra.

»Dieser Mistkerl«, zischte Melka. »Ich habe mir gleich gedacht, dass wir ihm nicht trauen können. Die Soldaten sind euch jetzt wohl dicht auf den Fersen, oder?« Ohne eine Antwort abzuwarten, befahl er einem seiner Männer, das Boot zum Ablegen klarzumachen.

»Wir können nicht ohne Alak los«, gab Scha-Ra zu bedenken.

»Glaubst du, die Soldaten haben ihn gefangen genommen?«, flüsterte Ilke.

»Ich weiß nicht«, antwortete der Zauberer. »Ich habe Ponjak den ganzen Weg hierher auf dem Rücken getragen und damit gerechnet, dass Alak schon vor uns hier ist. Er versucht vielleicht, die Soldaten aufzuhalten.«

Die Zeit schlich träge dahin. Es war zum Verrücktwerden. Ilke trippelte hin und her und starrte immer wieder an Land. Plötzlich fing das Boot an, sich zu bewegen.

»Ich verstehe das nicht«, sagte Melka. »Wir sind innerhalb der Hafenmole, hier sollte es eigentlich keinen so heftigen Wellengang geben.«

Darauf schaukelte das Boot nur noch schlimmer, und nach ein paar Minuten war das gesamte Meer außerhalb des geschützten Hafens in heller Aufruhr.

»Wir müssen jetzt ablegen, Kapitän, sonst bekommen wir das Boot nie hier raus!«, rief einer der Männer.

Melka sah unschlüssig zu Scha-Ra.

»Ohne den Jungen können wir nicht ablegen«, sagte der Zauberer entschieden und ignorierte die Wellen, die gegen die Bordwand krachten und das Boot gegen die Kaimauer drückten.

»Scha-Ra, wir müssen das Boot entweder richtig festmachen oder versuchen auszulaufen!«, rief Melka durch den heulenden Wind. »Das hier ist lebensgefährlich!«

Doch es war bereits zu spät: Das Seil, mit dem das Boot vertäut war, riss mit einem Knall, und der Aharam, der auf dem Pier stand, landetet mit einem gewaltigen Satz auf Deck.

»Das Meer hat die Wahl für uns getroffen«, sagte Melka. »Merkwürdig, dass innerhalb der Hafenmole so ein kräftiger Seegang ist.«

»Alak kommt!«, rief Ilke plötzlich.

Tatsächlich kam Alak den Kai entlang auf sie zugerannt, dicht gefolgt von einer Gruppe bewaffneter Soldaten. Einige von ihnen blieben stehen und legten an und ein paar Pfeile strichen dicht an Alak vorbei.

»Wir sind zu weit draußen!«, rief Arul.

Alak hielt einen Augenblick inne und war unsicher, was er machen sollte. Die Vernunft sagte ihm, dass es unmöglich war, zwölf Meter weit zu springen und an Deck zu landen. Wenn er aber im Wasser landen würde, würden ihn die Wellen an den Pollern zerdrücken. Die Stimme in seinem Kopf war jedoch klar und deutlich: »Spring!«, sagte sie.

Ohne weiter nachzudenken warf Alak sich ins Wasser und wurde sofort von einer gewaltigen Welle erfasst. Das Wasser wirbelte ihn so lange umher, bis er das Gefühl für unten und oben verloren hatte. Er spürte, wie sich etwas gegen sein Gesicht drückte. Wasser strömte in seinen Mund und in seine Lungen. Doch plötzlich konnte er wieder atmen.

»Willkommen in meiner Welt, Alak!«, sagte eine bekannte Stimme.

Der Elfenjunge öffnete die Augen und sah Alunaq vor sich. Er öffnete den Mund, um etwas zu sagen, und spürte, dass das Wasser immer noch Mund, Rachen und Lungen füllte.

»Ich habe erfahren, dass du in Schwierigkeiten bist«, sagte der Meerkönig.

Alak sah ihn erstaunt an. »Von wem?«

»Die Stimme in deinem Kopf ruft sehr laut«, sagte Alunaq und lächelte. Dann zog Alak sanft mit sich hinaus aufs Meer.

Das Licht unter Wasser war ganz anders als an Land: Luftbläschen glitzerten in den Sonnenstrahlen, das ins Wasser fiel, und alles schien von leuchtender Glut umgeben. Die Fische funkelten, wenn sie in großen Schwärmen vorüberschwammen.

»Ich habe einen kleinen Sturm vom Zaun gebrochen, damit du und deine Freunde euch vor den Meherets in Sicherheit bringen konntet«, sagte Alunaq stolz, bevor er Alak an die Hand nahm und den Elfenjungen mit sich nach oben zog. Alak konnte deutlich sehen, wie sie sich dem Boot näherten. Als sie weit genug gestiegen waren und die Wasseroberfläche durchbrachen, rang Alak nach Atem. Er fühlte, wie sich seine Lungen zusammenzogen, und er hustete Wasser.

»Was geht hier vor?«, rief Scha-Ra, als Alunaq ihm Alak übergab.

»Ich habe ihm für kurze Zeit die Fähigkeit gegeben, unter Wasser atmen zu können, und nun beginnt er wieder Luft zu atmen. Es wird gleich besser.«

Scha-Ra betrachtete Alak, der in seinen Armen lag und schon viel weniger keuchte.

»Wohin soll euch das Meer bringen?«, fragte Alunaq und lächelte dem Elfenjungen zu.

»Wir wollen zur Oase in der Hada-Wüste«, sagte Scha-Ra und legte Alak vorsichtig auf Deck ab.

»Ich bringe euch die Küste weiter runter bis westlich der Oase«, bot der Meerkönig an.

»Danke«, sagte Scha-Ra und verneigte sich.

Alunaq lächelte, dann verschwand er in der Tiefe.

Kurz darauf ergriff das Meer ihr Boot und hob es behutsam über die Wellen.

»Wir sollten uns etwas hinlegen und ausruhen. Ich glaube, das haben wir uns verdient«, schlug Scha-Ra vor.

»Können wir auch darauf vertrauen, dass uns der Meermann durch den Sturm führt und in Sicherheit bringt?«, fragte Melka.

»Ja, das können wir«, antwortete Scha-Ra.

»Diejenigen, die Alunaq nicht vertrauen, können ja heute Nacht Wache halten«, sagte Ilke und schaute stolz auf ihr Armband.

Sie erwachten von den Schreien der Seevögel. Ihr Boot lag auf der Seite, als ob es auf Grund gelaufen wäre. Die Sonne wollte gerade aufgehen und das spiegelglatte Meer glitzerte. Alak und Ilke standen an der Reling und sahen, dass sie ein gutes Stück an Land gespült worden waren. Der Wind wehte sanft und die Luft war warm und trocken. Alles war friedlich und still. Vor ihnen lag die Hada-Wüste.

# Die Wüstenwanderung

# Der Überfall

Am Strand errichtete die gestrandete Gruppe ein Zelt, um sich vor der Sonne zu schützen, die von Stunde zu Stunde heißer auf sie niederbrannte. Dann planten sie ihre Reise durch die Wüste in Richtung Westen.

»Von hier aus sind es mindestens sechs Tagesmärsche bis zur Efraïber-Quelle«, sagte Ponjak und zeigte auf die Karte, die Melka hervorgeholt hatte. »Wir sollten abends und nachts reisen. Tagsüber ist es zu beschwerlich.«

Die anderen Männer nickten und standen auf, um das Boot zu entladen. Arul machte ein Feuer, um zu kochen, und alle versammelten sich im Schatten des Bootes.

»Wie bist du eigentlich im Kerker von Alams Festung gelandet?«, fragte Arul Ponjak.

Alle schauten ihn gespannt an. Sie waren so beschäftigt gewesen, aus Emblaz wegzukommen, dass niemand daran gedacht hatte, ihn danach zu fragen.

Ponjak erhob sich und tat so, als ob er Pfeil und Bogen hervorholte.

»Einst war ich einer der mächtigsten Krieger unter den Wolfsrittern«, erzählte er. »Eines Tages, als wir zur Jagd in den Merwihl-Bergen waren, wurden wir von Schurtokks überrascht. Sie waren in der Überzahl. Ich sagte zu meinen Gefährten, sie sollten flüchten, während ich die Schurtokks aufhalten würde. Mehrere Stunden lang hielt ich sie dann mit Pfeil und Bogen in Schach.«

»Das klingt ja fantastisch!«, unterbrach Scha-Ra. »Doch wenn du uns schon von deinem Schicksal erzählst, sollte das wenigstens der Wahrheit entsprechen.«

Ponjak starrte Scha-Ra überrascht an.

»Er weiß alles«, sagte Arul. »Immerhin ist er der mächtige Zauberer Scha-Ra. Du bist ein offenes Buch für ihn.«

Ponjak wusste nicht, was er glauben sollte. Er schaute unsicher von einem zum anderen.

»Deine wahre Geschichte ist viel spannender als die, die du dir ausgedacht hast«, sagte Scha-Ra und sah ihn ernst an.

Ponjak setzte sich beschämt auf und begann erneut: »Schon bevor ich geboren wurde, war mein Vater im Gebiet um das Merwihl-Gebirge Fährtensucher für die Schurtokks. Den anderen Wolfsrittern gefiel das nicht, und mein Großvater, der zu den Ältesten des Stammes gehörte, wollte deshalb mit unserer Familie nichts zu tun haben. Ich wuchs auf einem kleinen Bauernhof nördlich vom Chur-See auf, etwa drei Stunden von Ahuya entfernt, der Stadt der Schurtokks. Mein Vater war viel unterwegs, und so mussten wir den Großteil der Arbeit auf dem Hof allein erledigen. Doch jedes Mal, wenn er nach Hause kam, brachte er Lebensmittel und Geschenke für uns alle mit. Er verdiente gut als Fährtensucher – es ging uns gut, und wir mussten nie hungern. Eines Tages überfielen Wolfsritter Kaufleute aus Ahuya, die auf dem Weg nach Utahj waren. Einige mächtige Schurtokks verleumdeten meinen Vater vor dem Rat des Kaisers und taten so, als ob er an dem Überfall beteiligt gewesen wäre. Auch wenn dafür letztlich keine Beweise vorgelegt werden konnten, beschlagnahmte der Kaiser unseren Hof und verkaufte mich und unsere Tiere. Ich wurde auf dem Sklavenmarkt von Emblaz an Häuptling Alam verkauft.«

»Aber warum wurdest du in den Kerker geworfen?«, wunderte sich Ilke.

Ponjak hob den Kopf und zeigte eine Narbe, die einmal um seinen Hals herum lief.

»Das hat man mir verpasst, als ich versuchte zu fliehen. Eines Tages, als ich Alam Essen servieren sollte, goss ich heiße Suppe in seinen Schoß und ergriff sein Schwert. Ich wollte aus Alams Palast fliehen, aber ich war wohl geschickter im Umgang mit Hacke und Spaten auf dem Feld als mit dem Schwert gegen seine Soldaten. Als Strafe dafür, dass ich Alam verbrüht hatte, wurde ich in den Kerker geworfen. Damals war ich fünfzehn Jahre alt. Heute bin ich zweiunddreißig. Das heißt, ich habe mehr als die Hälfte meines Lebens in einer dunklen, feuchten Zelle zugebracht. Nun will ich zurück zu meiner Familie.«

»Ich denke, du bist einer der mächtigsten Krieger unter den Wolfsrittern«, sagte Ilke.

Die anderen nickten und Arul gab Ponjak einen ermunternden Klaps auf die Schulter.

»Danke«, sagte Ponjak und versuchte zu lächeln. »Ich glaube, jetzt muss ich mir aber etwas die Beine vertreten.« Er versuchte seine Tränen zu verbergen, erhob sich schnell und ging am Strand entlang.

Ilke wollte ihm nachlaufen, doch Scha-Ra hielt sie zurück. »Gib ihm etwas Zeit. Er kommt bald wieder zurück«, sagte der alte Zauberer sanft.

Ilke schaute die anderen an, die nickten, und setzte sich dann wieder hin.

Melka atmete schwer. »Ich habe die ganze Nacht darüber nachgedacht, Scha-Ra«, begann er. »Und ich habe mit meinen Männern darüber gesprochen. Wenn ich dir eine Hilfe sein kann, dann komme ich gern weiter mit. Ich habe keine Familie oder andere Verpflichtungen.«

»Und deine Männer?«, fragte Scha-Ra. »Sie haben aber doch Familien.«

»Sie werden nach El-Elem zurückkehren.«

»Danke«, sagte der Zauberer aufrichtig. »Aber ich kann dich nicht um noch mehr bitten, als du schon für uns getan hast.«

»Dann ist es also abgemacht«, sagte Melka. »Ich bin hier für euch von größerem Nutzen, als ich das als Fischer bin. Das wird wohl auch Eramam verstehen.«

»Ja, Eramam wird das verstehen«, sagte Scha-Ra lächelnd und zwinkerte ihm zu.

Ponjak kam zurück, stellte sich vor die am Feuer Sitzenden und stemmte die Arme in die Seiten.

»Ich bin bereit«, verkündete er mit ernsten Augen und einem Lächeln um den Mund.

»Das ist gut«, sagte Scha-Ra. »Bevor wir weiterreisen, will ich euch aber noch etwas berichten: Als wir in Emblaz waren, nutzten Arul und ich die Zeit, um mit ein paar Leuten in den Hafenkneipen zu reden. Ein alter Meheret erzählte uns von dem Fürsten des Drugh-

Volkes, Ighada.« Scha-Ra schaute alle an, um sich zu vergewissern, dass er ihre volle Aufmerksamkeit besaß. Dann fuhr er fort: »Er erzählte, dass Ighada auf seine alten Tage verrückt geworden sei. Nachdem seine Tochter Elhele weggelaufen war, um sich mit Lequ, dem Sohn des Häuptlings der Mekks, zu vermählen, hatte er sich in einem Turmzimmer eingeschlossen und sich seinem Volk nicht mehr gezeigt. Sein Sohn, Alhala, hatte sich zum Stellvertreter seines Vaters ausrufen lassen. Als Erstes erklärte er den Mekks den Krieg und ging ein Bündnis mit den Schurtokks ein. Der Meheret-Mann sagte auch, er hätte gehört, dass viele von Alhalas Ratgebern Schurtokks seien.«

»Was bedeutet das?«, fragte Melka.

Scha-Ra wurde nachdenklich. »Tarkan hat begonnen, die Völker für den letzten Krieg zu sammeln, und ich bin sicher, dass die Schurtokks auf Tarkans Seite stehen. Soweit wir wissen, gilt das auch für die Drughs. Das bedeutet, wir müssen sehr, sehr vorsichtig sein.«

Um das Lagerfeuer herum wurde es still.

Als der Abend kam, nahmen sie Abschied von den Aharam-Männern, die noch in derselben Nacht zurücksegeln sollten. Melka sprach lange und eindringlich mit ihnen, damit auch alle, die er vermissen würde, einen Gruß erhielten. Scha-Ra gab ihnen einen Brief an Häuptling Eramam mit, in dem er von dem Friedensabkommen berichtete, das sie mit dem Meeresvolk getroffen hatten. Dann schoben sie das Boot ins Meer hinaus.

Die restliche Gruppe packte indessen das Notwendigste und nur jeder so viel, wie er auf dem Rücken tragen konnte, in die Rucksäcke. Den Rest luden die Wanderer auf das Ahmel. Dann begannen sie den Marsch gen Westen.

Viele Tage marschierten sie, und ein Tag war wie der andere: Die Sanddünen erstreckten sich meilenweit in alle Richtungen. Ohne Kompass wären sie im Kreis gelaufen. Wegen der Hitze tagsüber schliefen sie nicht gut, und Arul ging es schlecht. Eine solche Hitze hatte er noch nie erlebt. Oft nahm er Ilke auf die Schultern, einfach um sich abzukühlen.

Nachdem sie die ganze Nacht unterwegs gewesen waren und mit letzter Kraft das Zelt aufgeschlagen hatten, tauchten am Horizont einige Wüstenritter auf. Sie ritten in einer wirbelnden Sandwolke auf sie zu. Melka war der Erste, der sie entdeckte.

»Kennt ihr einen von denen?«, fragte Ponjak skeptisch.

»Wenn mich nicht alles täuscht, kommen die nicht in friedlicher Absicht«, sagte Scha-Ra und beschattete die Augen mit der Hand. »Das sind Minkhs und sie sind bewaffnet.«

Er erkannte die Krieger an dem blutroten Banner und den mit langen Haarbüscheln und Hörnern geschmückten Helmen.

»Wir müssen uns verteidigen«, sagte Arul, sah jedoch schnell ein, dass sie nach all den Strapazen zu erschöpft waren, um eine reelle Chance gegen die Ritter zu haben.

»Versteckt euch!«, sagte Scha-Ra zu Alak und Ilke.

Die beiden krochen unter eine Plane, die noch nicht aufgespannt worden war.

»Hol deinen Umhang, der dich unsichtbar macht«, flüsterte Alak.

»Den habe ich ganz vergessen. Ich geh noch mal raus und hol ihn«, wisperte Ilke und krabbelte wieder hinaus.

»Komm zurück«, sagte Alak. »Es ist zu spät.«

Doch Ilke war schon draußen.

Die Minkh-Krieger schlossen einen Kreis um das Lager. Sie waren ungefähr dreißig Männer. Ihre Ahmele prusteten und schlugen mit den Hufen im Sand. Einer von ihnen stieg von seinem Reittier und kam mit einem gezückten Krummsäbel auf Scha-Ra zu.

»Du musst der Anführer dieses kümmerlichen Haufens sein«, sagte er.

Dann fiel sein Blick auf den Wassersack, der über dem Sattel von Alaks Ahmel hing. Er richtete den Säbel gegen Scha-Ra, nahm mit der anderen Hand den Sack und goss sich das kostbare Nass über den Kopf. Das Wasser lief ihm über das Gesicht und hinterließ dunkle Streifen auf seinem Gewand.

»Erfrischend«, sagte er und warf den Sack dann achtlos in den Sand, wo das restliche Wasser versickerte. Seine Krieger mussten die übrigen Wassersäcke einsammeln und sie auf ihre Ahmele zu laden.

»Wie sollen wir in der Wüste überleben, ohne Wasser?«, sagte Melka.

»Wer hat gesagt, dass ich will, dass ihr in der Wüste überlebt?«, lächelte der Minkh-Krieger.

Ilke versuchte, sich hinter ein Ahmel zu schleichen, als der Minkh sich umdrehte und direkt auf sie zukam.

»Ist das da ein Schmuckstück, das du um den Hals trägst?«, fragte er mit glänzenden Augen.

Bevor sie reagieren konnte, hatte er das Amulett gepackt und mit dem Säbel das Lederband, an dem es hing, durchgeschnitten.

Plötzlich wurde die Wärme in Ilkes Körper zu einem Flammeninferno. Die Hitze, gegen die sie das Schmuckstück beschützt hatte, explodierte in ihr. Ilke brach in Schweiß aus und ihre Beine zitterten. Der Minkh fuhr zurück, als er sah, wie sie sich vor Schmerzen schüttelte und in Aruls Arme fiel.

»Gibt es hier etwas, das ihr haben wollt?«, rief der Minkh-Krieger seinen Leuten zu.

Einen Augenblick später herrschte das reinste Chaos im Lager. Alles wurde umgeworfen und auseinandergerissen. Was sie an wertvollen Dingen fanden, luden die Krieger auf ihre Ahmele. Einer von ihnen ging zu seinem Anführer und flüsterte ihm etwas zu. Es musste etwas mit Ilke zu tun haben, denn der Anführer zeigte diskret auf sie.

Arul spitzte seine Ohren. Sie sollten es nur wagen, die Kinder mit sich zu nehmen! Er zitterte vor Zorn und sah zu Scha-Ra, der ihm jedoch bedeutete, dass er sich ruhig verhalten solle. Die Gefahr, dass sie sonst alle getötet würden, war zu groß.

Die Minkhs waren nach wenigen Minuten mit dem Plündern fertig, dann ritten sie denselben Weg, den sie gekommen waren, davon und verschwanden hinter den Sanddünen.

»Was ist mit dem Mädchen?«, fragte Ponjak verzweifelt.

Alak krabbelte unter der Plane hervor und lief zu Ilke.

Sie schüttelte sich und zitterte. Scha-Ra hielt ihre Hand.

»Ihr ist viel zu heiß. Wenn wir nichts unternehmen, wird sie sterben«, sagte der alte Zauberer und steckte seinen magischen Stab in den Sand. Dieser wuchs in rasender Geschwindigkeit zu einem mächtigen Baum heran und spendete dem Mädchen Schatten.

»Stellt das Zelt hier im Schatten auf. Ilke muss es so kühl wie möglich haben.«

Das Zelt war schnell aufgestellt. Scha-Ra trug sie hinein und legte sie auf eine Decke.

»Ponjak und Melka, ich möchte, dass ihr vor dem Zelt Wache steht«, befahl er. »Niemand darf zu ihr. Alak, du passt auf deine Schwester auf. Wenn sie Atemprobleme bekommt, musst du diese Blüten in dem Öl zerdrücken und sie dazu bringen, es zu trinken. Mit dem Rest reibst du ihren Brustkorb ein.«

Scha-Ra gab Alak das Öl und einen Beutel mit getrockneten gelben Blüten. Dann nahm er den Lederbeutel mit dem Wasser für das Portal aus seiner Tasche.

»Arul, sollten Eindringlinge in das Zelt kommen, möchte ich, dass du das Portal mit diesem Beutel hier schließt.«

Er öffnete den Lederbeutel und goss das Wasser auf den Boden. Sofort begann das Rinnsal im Kreis zu rotieren; zuerst langsam, dann schneller, bis der Kreis intensiv zu leuchten begann.

»Um das Portal zu schließen, nimmst du den Lederbeutel und hältst die Öffnung auf das Zentrum des Kreises gerichtet«, schärfte er dem Winterbären ein. »Hast du verstanden?«

Anul nickte ernst und nahm den Beutel entgegen. Der alte Zauberer lächelte ihm ermutigend zu und ging langsam durch das Portal. Das Licht umhüllte ihn, und einen Augenblick später war er verschwunden. Nur der Kreis aus Wasser blieb zurück.

# Das Portal

Scha-Ra schob den Vorhang, der den Spiegel verbarg, zur Seite und ging in den Raum hinein. Einen Augenblick lang wurden die Wände vom Licht des Portals erleuchtet, bevor Scha-Ra den Spiegel wieder abdeckte. Er blieb im Raum stehen und sah sich um. Etwas hatte sich verändert, nur konnte er nicht sagen, was es genau war. Der alte Zauberer ging rasch zum Schrank, in dem alles war, was er brauchte, um Amulette herzustellen. Ilkes Amulett war ein Geschenk, das er von seinem alten Lehrer bekommen hatte. Um nicht zu frieren, hatte er es selbst benutzt, als er im Winterland lebte. Das Amulett hielt die Kräfte der Natur im Gleichgewicht und glich extreme Temperaturunterschiede aus.

Plötzlich wurde ihm klar, was anders war. Scha-Ra war nicht allein im Raum. In der Dunkelheit hatte sich ein Murtokk versteckt und wollte sich gerade über ihn werfen. In letzter Sekunde sprang Scha-Ra zur Seite und griff nach einem Messer, das auf dem Tisch lag. Er presste es dem Murtokk an die Kehle.

»Sei still, dann lass ich dich am Leben«, flüsterte er.

Der Murtokk sah ihn bittend von unten an.

»Wie viele seid ihr?«

»Fünf.« Die Stimme des Murtokk zitterte.

»Sind draußen noch mehr?«

Der Eindringling schüttelte den Kopf.

Scha-Ra schaute sich um, nicht jedoch, ohne das Messer von der Kehle des Murtokk zu nehmen. Er hörte auf der Treppe Schritte näher kommen und zog seine Geisel mit sich in die Ecke hinter einen Vorhang.

Zwei Murtokks kamen in den Raum hinein.

»Ich bin sicher, dass ich Julsah habe rufen hören«, sagte der eine.

Scha-Ra hielt den Atem an. Wenn die beiden sie entdeckten, würde er es nicht zum Spiegel schaffen, und andere Fluchtmöglichkeiten gab es nicht.

»Selbst wenn er der Sohn des Häuptlings ist, können wir nicht immer auf ihn aufpassen«, antwortete der zweite Murtokk gereizt.

Sein Begleiter zuckte mit den Schultern und gemeinsam verließen sie den Raum. Scha-Ra atmete aus und schaute den Jungen an, der offensichtlich Julsah war. Er wirkte verängstigt. Es war wohl das erste Mal, dass er mit den erwachsenen Kriegern auf Beutezug war.

Scha-Ra erwog die Alternativen: Entweder musste er das Portal zerstören, denn Julsah hatte gesehen, wie er aus ihm herausgetreten war. Oder er musste ihn durch den Spiegel mitnehmen. Scha-Ra mochte sie zwar nicht, wählte aber die zweite Alternative. Schnell sammelte er deshalb alles an Kräutern und Salben zusammen, was er finden konnte, und zog Julsah mit sich. Der Murtokk brüllte, als er in das blendende Licht trat, und hörte nicht auf, bevor Arul ihn auf der anderen Seite zu Boden warf und ihm den Mund zuhielt. Sorgfältig verschloss er das Portal dann wieder.

»Im Schloss waren Murtokks«, sagte er zu den anderen. »Ich hatte keine andere Wahl, als den Jungen mitzunehmen. Er hat mich beobachtet, wie ich aus dem Portal getreten bin.«

Alak betrachtete den Jungen neugierig. Er kam ihm bekannt vor.

»Das ist ja Julsah«, sagte Alak schließlich. »Mit ihm haben wir zusammen am Merihba-See das Floß repariert!«

»Ich hörte, wie die anderen Murtokks sagten, er sei der Sohn ihres Häuptlings«, sagte Scha-Ra.

»Zieh mich mal am Barthaar, haben wir einen Häuptlingssohn unter uns?«, lachte Arul.

»Ich will nach Hause«, sagte Julsah wütend, während er tapfer versuchte, die Tränen zurückzuhalten. Dann fiel sein Blick auf Ilke, die reglos in einer Ecke des Zeltes lag.

»Was ist mit ihr? Ist sie krank?«

»Deshalb bin ich ins Schloss zurückgekehrt«, seufzte Scha-Ra. »Ich musste etwas finden, womit ich ihr Leben retten kann. Aber es sieht nicht gut aus.« Er leerte den Inhalt des Sackes auf den Boden. »Du hast das meiste, das ich gebraucht hätte, zerbrochen, als du gegen den Schrank geprallt bist«, sagte er zu Julsah.

»Entschuldigung!«, sagte der Junge, dann nahmen seine Augen einen verschmitzten Ausdruck an. »Ich kann zurückgehen und sehen, ob ich etwas finde, das du verwenden kannst …«

»Du bleibst hier, bis wir entschieden haben, was wir mit dir machen«, sagte Scha-Ra mit schneidender Stimme.

»Ich gehe heute Abend los, durchsuche das Lager der Minkhs und hole Ilkes Schmuck zurück«, sagte Alak entschlossen.

»Das ist viel zu gefährlich«, sagte Scha-Ra.

»Ich werde den Umhang tragen, den Ilke von den Luftpropheten bekommen hat.«

»Das ist keine schlechte Idee, Scha-Ra«, brummte Arul anerkennend.

Der Zauberer blieb stumm und dachte nach.

»In Ordnung!«, beschied er nach einer Weile und nickte. »Du und Arul schleicht euch zu ihrem Lager, wenn es dunkel wird. Ich bleibe jetzt hier bei Ilke und sehe zu, dass ich aus dem, was ich mitgebracht habe, einen kräftigenden Trank braue.« Dann schaute er Alak und Arul streng an. »Seid bloß vorsichtig! Und nehmt Julsah mit hinaus.«

»Wenn du möchtest, kannst du mit uns das andere Zelt aufstellen«, sagte Alak zu Julsah, als sie draußen standen.

»Lass mich in Ruhe! Und euer Zelt könnt ihr alleine aufstellen«, sagte der und schubste den Elfenjungen zu Boden.

Alak stand auf und ging zu den anderen, um ihnen zu helfen.

»Ich lasse ihn ein bisschen in Ruhe«, sagte er leise zu Arul.

»Ja, das braucht er wohl. Ich glaube, ich hätte es auch nicht so toll gefunden, durch ein Portal gezogen zu werden und plötzlich weit weg von zu Hause zu sein.«

Nachdem sie das Zelt aufgestellt hatten, legten sich alle in den Schatten, um auszuruhen.

Scha-Ra kam aus Ilkes Zelt und setzte sich zu ihnen.

»Ich habe Ilke etwas gegeben, damit sie schlafen kann. Doch wir haben immer noch kein Wasser. Ich dachte mir, ich könnte das Portal benutzen, aber dazu brauche ich Hilfe.«

»Das Portal?« Melka und Ponjak verstanden nicht, wovon Scha-Ra sprach.

»Ich nehme Arul mit, dann erklärt Alak euch, was ihr wissen müsst«, sagte Scha-Ra.

»Von Almam und Mijam haben wir gelernt, in der Wüste nach Wasser zu graben«, sagte Alak.

»Wir haben es versucht, aber hier ist es zu trocken«, sagte Melka.

Scha-Ra und Arul gingen wieder in das andere Zelt und Alak versuchte unterdessen, so gut er konnte, zu erzählen, was geschehen war und was sie genau erwartete. Vorsichtshalber erzählte er nichts von der Prophezeiung und Ilkes und seiner Rolle darin. Aus irgendeinem Grund fand er es peinlich. Eigentlich wollte er nicht anders sein als die anderen. Weil die Stimme in seinem Kopf seit dem Ereignis im Hafen von Emblaz verschwunden war, erzählte er auch von ihr nichts.

»Ich hatte gleich so ein Gefühl, dass es hier um sehr viel mehr geht, als euch nur zur

Efraïber-Quelle zu begleiten«, sagte Melka und nickte vor sich hin.

»Wo ist denn der Murtokk-Junge abgeblieben?«, fragte Ponjak plötzlich.

Sie hatten Julsah total vergessen.

»Jemand muss ihn suchen. Wenn er sich in der Wüste verirrt, stirbt er«, sagte Ponjak.

»Alak und ich gehen ihn suchen, wenn du solange hier Wache halten kannst«, schlug Melka Ponjak vor.

In den Dünen fanden sie Spuren, die sich vom Lager entfernten.

»Komm!«, sagte Melka. »wir müssen uns beeilen. Er hat schon einen großen Vorsprung.«

Arul streckte seinen Kopf vorsichtig in den Raum und schnüffelte.

»Ist hier jemand?«, flüsterte Scha-Ra, der gleich hinter Arul auftauchte.

»Vor genau einer halben Stunde war jemand hier«, sagte der Bär und trat ein.

»Such unten in der Küche ein paar Wassersäcke und fülle sie, dann treffen wir uns wieder hier«, sagte Scha-Ra.

Arul schlich sich hinunter in die Küche, während Scha-Ra zum Regal ging, hinter dem sich das geheime Zimmer befand. Er hatte den Knopf schnell gefunden. Auf seinen

Druck hin glitt das Regal langsam zur Seite. Alles war so, wie Scha-Ra und Alak es hinterlassen hatten – die Murtokks hatten das Zimmer also nicht entdeckt. Scha-Ra atmete erleichtert auf. Die schwarze Rüstung hing dort wie in all den Jahren. Die Eisenplatten auf den Schultern funkelten im Licht, genauso wie die mit silbernen Ornamenten und Edelsteinen geschmückten Platten des Panzers, die durch Metallfäden miteinander verbunden waren. Daneben hingen ein schwarzer Helm und eine Maske aus Silber. Die Maske war zu beiden Seiten mit silbernen Vogelschwingen am Helm befestigt. An einem Haken daneben hing ein Gürtel aus purem Silber, der mit fremdartigen Zeichen verziert war.

»Scha-Ra, bist du dort drinnen?«, rief Arul.

»Ja, ich bin hier!«, rief er zurück.

Der Winterbär kam in den kleinen Raum und blinzelte angesichts der Rüstung, die im einfallenden Licht glänzte.

»Schihryan, die Rüstung der Gerechtigkeit«, erklärte Scha-Ra. »Ich habe sie von meinem Lehrmeister Arkin bekommen. Jeder der auserwählten Zauberer erhält sie von seinem Vorgänger. Azhel trug sie, als er gegen Tarkan kämpfte und ihn über den Fluss Kihldikk jagte. Diese Metallplatten geben Schutz vor Tarkans Macht und trotzen seinem Willen.«

Scha-Ra hob die Rüstung mit einer an die Wand gelehnten Stange herunter und legte sie sich an. Dann nahm er den Silbergürtel und schnallte ihn sich um.

»Das ist Irdle, der Gürtel, der die Wahrheit schützt. Und das ist Qohwa, der Helm, der den Gedanken beschützt.«

Anul räusperte sich verlegen. »Ich verstehe nicht einmal die Hälfte von dem, was du sagst«, gestand er.

»Die Rüstung, der Gürtel und der Helm haben Namen«, sagte Scha-Ra. »Sie sind dazu gemacht, gegen Luftgeister zu kämpfen, die nicht mit Schwert und Spieß zu besiegen sind, sondern nur durch die Kraft der Gedanken.«

»So wie Tarkan«, sagte Arul und nickte eifrig.

Scha-Ra lächelte. »Genau. Und er wird versuchen, Ilke daran zu hindern, das Himmelsportal bei der Efraïber-Quelle zu verschließen. Ich weiß nicht, wie er das anstellen will, doch mit dieser Rüstung bin ich gewappnet. Wenn es Ilke nicht gelingt, dem Regen Einhalt zu gebieten, wird die andere Prophezeiung in Erfüllung gehen.« Mit diesen Worten legte Scha-Ra, die Rüstung wieder ab und verstaute die einzelnen Teile in einem Sack.

»Dann sollten wir schnell zurückgehen und das Minkh-Lager suchen, um ihren Schmuck zurückzuholen. Willst du den Kindern eigentlich von der anderen Prophezeiung erzählen?«, fragte der Winterbär.

»Ich möchte nicht, dass sie sich noch mehr Sorgen machen müssen, sie haben schon genug Kummer«, sagte Scha-Ra entschieden.

Arul schulterte die Wassersäcke und gemeinsam gingen sie durch das Portal.

Ponjak und Alak waren gerade von der Suche nach Julsah zurückgekehrt, als Scha-Ra und Arul aus dem Zelt kamen.

»Julsah ist verschwunden«, sagte Alak.

»Wir sind seinen Spuren bis weit in die Wüste gefolgt, doch als Wind aufkam, mussten wir aufgeben«, erklärte Ponjak.

Arul schnüffelte in der Luft.

»Kannst du Julsah aufspüren?«, fragte Alak.

»Nein, aber es wird bald einen Sandsturm geben«, sagte der Bär besorgt. »Wir müssen sofort ins Zelt, und können es erst wieder versuchen, wenn sich der Sturm gelegt hat – später am Abend oder morgen.«

»Und was machen wir mit dem Ahmel?«, fragte Scha-Ra.

»Ahmelen macht es nichts aus, bei Sturm draußen zu liegen«, antwortete Ponjak. »Sie graben sich in den Sand ein.«

Alle versammelten sich in dem Zelt, in dem Ilke lag, und nachdem sie getrunken hatten, ruhten sie sich aus. Alak kuschelte sich an Ilke und schlief ein, während draußen der Wind tobte. Er hatte eine ganze Weile geschlafen, als Scha-Ra ihn weckte.

»Der Sturm hat sich gelegt, wir müssen los und das Minkh-Lager suchen«, flüsterte der alte Zauberer eindringlich.

Alak setzte sich auf und rieb sich den Schlaf aus den Augen. Dann nahm er schnell den Umhang, der ihn unsichtbar machen konnte, an sich, strich Ilke über die Wange und flüsterte: »Ich komme bald zurück.«

Seine Schwester drehte sich unruhig im Schlaf.

Sie mussten sich aus dem Zelt graben, denn der Sand hatte ihr Lager fast vollständig bedeckt.

»Finden wir auch wieder zurück?«, fragte Alak besorgt.

»Ich finde von überall wieder zurück, hauptsache, es riecht nach etwas«, antwortete Arul mit einem Lächeln.

Alak war beruhigt und rief nach dem Ahmel. Es stand auf, schüttelte den Sand von sich ab und kam zu ihnen getrottet.

»Wenn ich reite, kommen wir rascher voran«, sagte Alak.

Arul nickte. Er war froh, Alak nicht tragen zu müssen, für den Fall, dass sie in aller Eile fliehen mussten.

# Das Lager der Minkhs

Sie waren viele Stunden in die Richtung gegangen, in der die Minkh-Krieger verschwunden waren, als Arul endlich ihre Spur fand.

»Sie haben nur ein paar Hundert Meter von hier ihr Lager aufgeschlagen«, flüsterte er.

Alak stieg aufgeregt von seinem Ahmel und bat es zu warten. Dann schlichen sie vorsichtig weiter. Das Lagerfeuer der Minkhs warf Schattenbilder auf den Sand.

Alak zählte rund fünfzig Krieger. Ihre Zelte standen im Kreis um das Feuer. Ihre Ahmele hatten sie eingezäunt und zwei Krieger als Wachen aufgestellt.

»Wie willst du vorgehen?«, fragte Arul.

»Ich lasse die Ahmele raus und stifte damit Chaos im Lager«, sagte Alak und legte sich den Umhang um. »In dem Durcheinander durchsuche ich die Zelte, und sobald ich den Schmuck habe, komme ich zurück.«

Arul fuhr zusammen, als er nichts weiter als eine tiefe Mulde im Sand sah.

»Sei vorsichtig«, sagte er zu Alak. »Selbst wenn sie dich nicht sehen können, sehen sie doch deine Fußspuren im Sand.«

Alak fand es sehr seltsam, einfach so ins Lager der Minkhs gehen zu können, ohne sich verstecken zu müssen. Und obwohl er unsichtbar war, konnte er das Gefühl, jeden Augenblick entdeckt zu werden, nicht abschütteln.

Er schlich sich zur Umzäunung. Die Ahmele schliefen im Stehen, und die Wachen vergnügten sich mit einer Partie Kybia.

»Reißt euch gefälligst zusammen!«, hörte Alak eine Stimme in seiner unmittelbaren Nähe. Er schreckte zusammen und ließ sich dicht am Gatter auf den Boden fallen.

Ein hochgewachsener Minkh war wie aus dem Nichts direkt hinter ihm aufgetaucht. Der Mann war so nahe, dass er die Hand ausstrecken und Alak hätte berühren können.

»Tarkan kann jeden Augenblick hier auftauchen, und ihr vergnügt euch mit einem Spiel, statt Wache zu halten!«, brüllte er.

Die Wachen steckten schnell die Würfel ein, sprangen auf und nahmen eine stramme Haltung an.

Der Minkh drehte sich um und ging wütend zurück zu den anderen Männern. Alak beschloss spontan, seinen Plan zu ändern, und folgte ihm mutig ins Lager.

Der Minkh setzte sich zu einer Gruppe Krieger. Es sah aus, als berieten sie sich. Sie sprachen leise, und Alak schlich näher heran, um hören zu können, was sie sagten.

»Tarkan hat den ausdrücklichen Befehl gegeben, beide Kinder gefangen zu nehmen und sie zu ihm zu bringen. Und du hast diesen Befehl nicht ausgeführt!« Er pochte mit dem Finger wütend auf die Brust des Minkh-Kriegers.

»Häuptling, ich hatte es so verstanden, dass Tarkan nur den Eisschmuck wollte, den das Mädchen um den Hals trug. Und den Jungen konnten wir nicht finden.«

»Du Idiot! Habt ihr das ganze Lager auch gründlich durchsucht?«

Der Minkh schaute ängstlich, doch dann hellte sich sein Gesicht auf. »Wir haben aber einen anderen Jungen gefangen genommen.«

Der Häuptling sah ihn hoffnungsvoll an. »Ist es ein Elfenjunge?«

»Es ist … ein Murtokk. Wir haben ihn ohnmächtig im Sand liegend gefunden. Die Sonne hatte ihm zugesetzt.«

»Ihr habt also einen Bewusstlosen gefangen genommen?«, fragte der Häuptling sarkastisch.

»Na ja … wir haben ihn wohl irgendwie nur aufgesammelt. Doch das Merkwürdige war, dass er sich weigerte – als er wieder bei sich war – uns zu erzählen, wie er hierhergekommen war. Er ist sehr weit weg von zu Hause und ich verstehe nicht, was er hier so ganz alleine in der Wüste treibt.«

»Er ist wohl ein Sklave, der aus einer Karawane geflohen ist.«

»Tja … du könntest recht haben, aber da, wo wir ihn fanden, führt weit und breit keine Karawanenstraße vorbei. Wir haben ihn gefesselt und in dem Zelt angekettet, wo der Eisschmuck aufbewahrt wird.«

»Wer hält dort Wache?«, fragte der Häuptling lauernd.

Der Krieger steckte zwei Finger in den Mund und pfiff. Alak konnte sehen, wie ein Minkh als Antwort sein Schwert hob.

Der Häuptling grunzte. »Tarkan erwartet, dass wir die Kinder gefangen nehmen. Sie sind ihm in Emblaz entkommen. Der Meheret-Häuptling Alam hat sie entkommen lassen, und ich wage nicht, mir auszumalen, wie Tarkan reagierte hat, als man ihm davon berichtete.«

»Sie haben kein Wasser, also werden sie nicht weit kommen. Wir reiten morgen früh zu ihrem Lager«, versprach der Krieger.

»Hauptsache, wir haben sie, bevor Tarkan hier auftaucht«, sagte der Häuptling. Dann stand er auf und verschwand in einem Zelt.

»Wir können heute Nacht schon reiten, dann überraschen wir den Häuptling mit den Gefangenen, wenn er aufwacht«, flüsterte einer der Minkh-Krieger.

Die anderen nickten.

Alak schlich zur Einzäunung zurück. Er kletterte über den Zaun und flüsterte einem Ahmel etwas ins Ohr. Bald darauf begann die Herde unruhig zu werden. Die Wachen versuchten, die Tiere zu beruhigen, aber es nutzte nichts.

»Halt das Gatter, damit sie nicht ausbrechen!«, rief einer seinem Kameraden zu.

Alak schlich zu der Wache am Gatter und stieß ihr die Beine weg. Bevor sie begriffen hatte, was geschehen war, hatte Alak das Tor geöffnet, und die Ahmele drängten hinaus. Im Lager entstand ein großes Durcheinander. Die Tiere rannten alles nieder, was ihnen im Weg stand. Und die Minkhs fuchtelten mit den Armen und schrien.

Als Nächstes eilte Alak zu dem Zelt, in dem der gefesselte Julsah saß. Niemand hielt dort mehr Wache, alle waren mit dem Einfangen der Ahmele beschäftigt. Alak nahm den Umhang ab und trug ihn über dem Arm, um Julsah nicht zu erschrecken.

»Was machst du denn hier?«, flüsterte er.

»Ich bin gekommen, um dich zu retten.«

Alak nahm ein herumliegendes Messer und befreite Julsah. Dann machte er einen langen Schnitt in die Rückseite der Zeltwand.

»Lauf da lang, dort wartet Arul«, flüsterte Alak und zeigte in die Dunkelheit. »Aber sei vorsichtig, damit dich die Minkhs nicht ein zweites Mal schnappen.«

»Kommst du nicht mit?«, fragte Julsah.

»Ich muss erst noch etwas finden. Lauf, so schnell du kannst!«, erwiderte Alak und schob ihn aus dem Zelt.

Der Elfenjunge hatte Glück: Die Minkhs hatten Ilkes Schmuck auf einen Tisch mitten im Zelt ausgelegt. Alak zog den Umhang wieder an und steckte das Amulett in einen kleinen Beutel, den er am Gürtel befestigte.

Arul und Julsah schauten gebannt auf das Chaos im Lager, als Alak angelaufen kam. Arul erkannte seinen Geruch und sah schließlich auch die Fußspuren im Sand.

»Hast du den Schmuck, Alak?«, flüsterte der Winterbär aufgeregt.

»Ich heiße Julsah«, sagte der Murtokk

etwas verärgert. »Und ich habe keinen Schmuck.«

Alak nahm den Umhang ab. »Er hat doch mich gemeint«, grinste er.

Julsah drehte sich abrupt um. »Entschuldige, ich habe nicht bemerkt, dass du gekommen bist.« Er schaute Alak an und konnte nicht begreifen, dass es Alak gelungen war, sich an ihn heranzuschleichen, ohne dass er darauf aufmerksam geworden war.

»Was hast du zu den Ahmelen gesagt?«, wunderte sich Arul.

Alak lächelte. »Ich sagte, dass die Minkh-Krieger Gäste zu einem Ahmelbraten eingeladen haben und dass sie flüchten sollen, bevor es zu spät ist.«

Arul lachte in sich hinein und auch Julsah grinste unsicher.

»Ich habe die Ahmele gebeten, zu uns zu kommen«, fuhr Alak fort.

»Du bist ganz einfach genial!«, sagte Arul.

»Ich hörte, wie sie davon sprachen, dass sie heute Nacht unser Lager angreifen wollten, und dann dachte ich, dass es ohne Reittiere schwierig für uns werden könnte. Außerdem ist es leichter, zur Efraïber-Quelle zu kommen, wenn wir reiten.«

Eine Herde Ahmele kam auf sie zugelaufen.

Alak setzte sich auf sein Reittier, und Julsah kletterte auf ein anderes. Sie ritten los, während Arul auf allen vieren neben ihnen herlief. Schnell waren sie wieder im Lager, wo Scha-Ra, Melka und Ponjak über dem Feuer das Essen zubereiteten.

Sofort drängten sich alle um sie. Arul erzählte, wie Alak sich ins Lager geschlichen, das Amulett geholt und Julsah gerettet hatte. Und Julsah erzählte, wie die Ahmele das Lager der Minkhs zerstört hatten.

Alak ging derweil zu Ilke ins Zelt. Sie lag immer noch so da, wie er sie vor Stunden verlassen hatte. Schnell beugte er sich hinunter und löste den Beutel mit dem Amulett von seinem Gürtel. Vorsichtig hob er Ilkes Oberkörper an und legte ihr den Schmuck um den Hals. Dann setzte er sich ihr gegenüber und wartete.

Scha-Ra zog die Leinwand vor dem Zelteingang zur Seite und kam herein.

»Wie sieht es aus?«, fragte er besorgt.

»Sie bekommt wieder Farbe«, lächelte Alak und streichelte Ilkes Wange. »Scha-Ra«, fuhr er dann ernst fort. »Als ich im Lager der Minkhs war, hörte ich, wie sie davon sprachen, dass Tarkan unterwegs sei.«

Der alte Zauberer runzelte die Brauen und

sah ihn ernst an. »Sagten sie, wann genau er kommen würde?«

»Bald …«

»Wir packen zusammen und brechen sofort auf. Ausruhen können wir uns morgen.«

Alak sah zum Mond, der zwischen den Sanddünen leuchtete, und dachte an die Minkh-Krieger, die vielleicht zu Fuß auf dem Weg in ihr Lager waren. Er lächelte.

Scha-Ra war bereits dabei, eine Trage für Ilke zu bauen.

»Alles wird gut«, flüsterte Alak Ilke zu, nachdem Arul sie auf die Trage gelegt hatte.

Sie nickte und lächelte vorsichtig.

»Du bist der beste Bruder der Welt«, flüsterte sie.

»Du hättest für mich das Gleiche getan«, erwiderte Alak. Damit war alles gesagt.

»Um keinen Preis der Welt!«, sagte Ilke und lachte so sehr, dass sie sich verschluckte und zu husten begann.

»Du bist zu krank, um zu scherzen.« Alak lächelte sie an.

Scha-Ra setzte sich auf ein Ahmel und gab das Zeichen zum Aufbruch. Nun, da sie Reittiere hatten, kamen sie schneller voran, und das Reisen war weniger anstrengend.

Unterwegs hielten sie an, um nach Ilke zu sehen und ihr Wasser zu geben. Mitten in der Nacht machten sie ein Feuer und versammelten sich, um Essen zuzubereiten.

»Wir sollten morgen früh ankommen«, sagte Melka zuversichtlich.

Er hatte die Route berechnet und sie in eine Karte eingezeichnet.

»Mit Reittieren geht es viel schneller«, sagte Ponjak, der froh darüber war, nicht mehr durch den Sand waten zu müssen.

»Was wollen wir denn in der Oase?«, fragte Melka.

Scha-Ra überlegte. Er setzte sich zu Ilke und holte die *Phenomena* aus seiner Tasche. »Ich weiß nicht, was Alak euch erzählt hat, aber die Prophezeiung beginnt damit, dass die Winterkiste – ein Symbol für einen Schatz, der im Winter gefunden wird – aus dem Auge der Butterblume entspringen wird, das heißt: der Schatz stammt vom Häuptlingsgeschlecht der Elfen ab. Er soll weit weg von zu Hause, im Haus der Weisheit, heranwachsen und den Prinzen des Winterreiches reiten.«

»Warum steht dort, dass Elfen Butterblumen sind?«, fragte Ilke verständnislos.

Scha-Ra lächelte sie an. »Du solltest die Insel sehen, von der die Elfen stammen«, sagte er.

»Sind Alak und Ilke die Elfen aus der Prophezeiung?«, fragte Melka.

»Ja, hat euch Alak das nicht erzählt?«, fragte Scha-Ra.

Sie schauten zu Alak, der plötzlich sehr mit seinen Füßen beschäftigt war.

»Ich habe alles erzählt, abgesehen von …«

»Das spielt keine Rolle, nun wisst ihr es«, sagte Scha-Ra und fuhr fort: »Die *Phenomena* sagt voraus, dass Tarkan kommen und versuchen wird, die Völker für einen Aufstand zu gewinnen. Wenn die Winterkiste wie das Laub der Bäume im Herbst davongeweht wird, wird Tarkan wie ein brüllender Löwe erscheinen und die Völker in die Irre führen. Der Wind wird erst gen Osten zum Meer wehen und dann in Richtung Süden. Schließlich wird er über das warme Land nach Westen drehen. Tarkan wird die Kraft der Sterne nutzen, die mit dem Regen zur Erde hinabfließt, um Macht über die Völker zu erlangen. Deshalb soll die Auserwählte das Himmelsportal da, wo der Mond weint, verschließen – mit einem Lied, das nur sie allein kennt.

»*Die* Auserwählte?«, unterbrach Alak.

»Es steht geschrieben, dass die Tochter des Frostes das Wasser mit einem Lied aufhalten wird, das nur sie kennt.«

»Die Tochter des Frostes …« Alak war verwirrt. »… Soll Ilke das etwa allein machen? Ich dachte, wir arbeiten zusammen.«

»Das habe ich auch gedacht«, sagte Ilke.

»Ihr sollt es ja auch zusammen machen«, sagte Scha-Ra. »Doch Ilke kennt das Lied.«

»Sie kann ja die Stimme aus meinem Kopf nehmen«, murmelte Alak gereizt.

»Ich erinnere mich an die Oase aus der Zeit, als ich noch ein Kind war«, unterbrach Ponjak. »Dort ist ein Loch im Himmel, aus dem es ununterbrochen regnet. Aber wenn es aufhört, bedeutet das ja, dass alles Leben in der Oase sterben wird, weil alles vertrocknet.«

»Wenn es zu regnen aufhört, wird laut der *Phenomena* eine Quelle aus dem Boden entspringen, die vier große Flüsse speisen wird. Die Oase wird nicht untergehen.«

Alak ging zu seinem Ahmel und machte sich zur Weiterreise bereit. Julsah stand auf und folgte ihm.

»Ich weiß, wie du dich fühlst! Ich fühle mich auch ein wenig wie ein Außenseiter«, sagte er leise, als er neben ihm ging.

»Das ist es nicht«, begann Alak. »Ich dachte nur, wir würden alles zusammen anpacken. Das haben wir unser ganzes Leben so gemacht.«

Julsah nickte verständnisvoll. »Und ich möchte nur nach Hause. Ich dachte, nichts würde mich jemals dazu bringen, meine Familie zu verlassen. Bevor der da mich durch den Spiegel zog.« Er deutete auf Scha-Ra.

»Du kommst bestimmt eines Tages wieder nach Hause«, tröstete Alak.

»›Eines Tages‹ ist mir nicht schnell genug«, murmelte Julsah.

»Ich werde mit Scha-Ra reden«, versprach der Elfenjunge. »In der Zwischenzeit könnten wir doch so tun, als wären wir Freunde, oder?«

»So zu tun als ob – *das* ist nicht so schwer«, sagte Julsah und boxte Alak mit der Faust gegen die Schulter. Nicht unfreundschaftlich, wie der Elfenjunge grinsend feststellte.

# Der Kampf

Ilke ging es schon viel besser und sie fühlte sich kräftig genug, um selbst zu reiten. Außerdem fand sie es schöner, *auf* einem Ahmel zu sitzen, als auf einer Trage von ihm über den Boden geschleift zu werden.

Als sich die Sonne über den Horizont erhob, bemerkten die Wanderer jedoch, dass sie nicht länger allein durch die Wüste marschierten: Aus allen Himmelsrichtungen kamen Leute und schlossen sich ihnen an. Ponjak ritt zu einem Schäfer und dessen Familie. Sie führten eine große Herde mit sich. Ponjak stieg von seinem Ahmel und sprach eine Weile mit dem Schäfer, bevor er wieder zu den anderen zurückgeritten kam.

»Sie sind alle auf dem Weg zur Oase«, berichtete er. »Der Mann, mit dem ich gerade gesprochen habe, gehört zum Volk Elba, das am Fuße des Arugh-Gebirges lebt. Die Elbas sind alle Schäfer. Laut ihren Legenden soll die Efraïber-Quelle versiegen und dann eine neue Quelle aus der Erde brechen, die die Hada-Wüste zu einer fruchtbaren Gegend machen wird.«

»Ich bin mir immer noch nicht sicher, wie sich die Prophezeiung von der Musik erfüllen soll, aber das finden wir schon heraus«, sagte Scha-Ra besorgt.

»Vielleicht reicht es, wenn wir ein Lied singen, das wir eh schon können«, tröstete Ilke.

»Welches denn?«, fragte Alak sarkastisch. »Ein Wiegenlied vielleicht?«

»Ja, warum nicht«, sagte Ilke und warf ihm einen wütenden Blick zu.

Alak und Julsah lachten, doch sie verstummten sofort, als der alte Zauberer ihnen einen strengen Blick zuwarf.

Je näher sie der Oase kamen, desto mehr Leute strömten heran. Die Elfenkinder schauten sich neugierig um und sahen Krieger, Jäger, Familien mit Kindern, Tiere, Wahrsager und weise Frauen. Alle sahen sie unterschiedlich aus, teilweise sogar so anders als alle Völker, bei denen Alak und Ilke jemals zu Gast waren, dass die Kinder gar nicht wussten, wo sie zuerst hinsehen sollten.

Sie hielten oben auf einer Sanddüne. Vor ihnen, mitten in der Wüste, lag eine grüne Ebene. Dort liefen Tiere frei umher und fraßen Gras und Blätter von den Bäumen. Um einen kleinen See hatte sich eine Menge Leute versammelt. Einige hatten Zelte aufgestellt, andere führten kleine Wagen mit sich, die von Nurnen oder anderen Zugtieren gezogen wurden. Über der Oase befand sich tatsächlich etwas, das wie ein dunkles Loch im Himmel aussah. Aus diesem Loch strömte Wasser. Ein Regenbogen verschwand hinter den Sanddünen.

»Wie schön!«, sagte Ilke.

Von Weitem sahen die Leute in der Oase nicht so beängstigend aus, doch je näher die Wanderer kamen, desto lauter wurden die Stimmen, das hektische Rufen und das Hufgetrappel der Tiere. Die kleine Gruppe baute ihr Lager am Rande der Oase auf. Scha-Ra ging in das Zelt hinein und legte die Rüstung Schihryan an, die er aus dem Schloss geholt hatte. Er nahm den Helm unter den Arm, ging wieder hinaus und setzte sich zu den anderen.

Alle, ausgenommen Arul und Alak, waren sprachlos und starrten den Zauberer an.

»Warum trägst du diese Rüstung?«, wunderte sich Ilke.

»Im Buch steht, dass sich zwei Kräfte gegenüberstehen werden, die dann in einem Flammeninferno aufeinander losgehen«, antwortete Scha-Ra und seufzte. »Über den Ausgang des Kampfes steht dort nichts, doch wenn Tarkan die eine Kraft ist, dann bin ich bereit, die zweite zu sein.«

»Worauf warten wir?«, fragte Ilke unruhig. »Können wir nicht endlich ein Lied singen und die Sache hinter uns bringen?«

»Das Wasser wird uns sagen, wenn es so weit ist«, erwiderte der Zauberer.

Der Tag verging, ohne dass etwas geschah, und alle, ausgenommen Scha-Ra, begannen ungeduldig zu werden. Über der Oase ging die Sonne unter, es wurde kühler.

»Ich glaube, es ist Schlafenszeit«, sagte Arul zu den Kindern.

Die nickten und gingen zu Scha-Ra, um ihm Gute Nacht zu sagen. Sie fanden ihn schlafend. Im Sitzen und vollkommen erschöpft.

»Weck ihn nicht!«, sagte Alak. »Er braucht den Schlaf dringend.«

Scha-Ra saß die ganze Nacht so da. Niemand wagte es, ihn anzusprechen, denn niemand konnte sicher sagen, ob er wirklich schlief oder ob er nachdachte. Im Dunkeln funkelten die Metallnähte seiner Rüstung, und der Silbergürtel verströmte ein bläuliches Licht.

Arul saß neben dem Zelt und beobachtete Scha-Ra so lange, bis er vor Erschöpfung einschlief.

Als die Sonne aufging, hatte Scha-Ra für alle Frühstück zubereitet. Er wirkte ausgeruht und hatte gute Laune. Sie saßen um das Feuer herum und sprachen von ihren letzten Abenteuern und was heute alles passieren könnte. Ponjak hatte sich entschieden, nach Leuten aus dem Wolfsvolk zu suchen, und Melka wollte ihn begleiten und sich dabei ein wenig umsehen. Die Kinder entschlossen sich zu spielen und auf Entdeckungsreise in die Oase zu gehen. Arul blieb bei Scha-Ra und ruhte sich im Schatten aus.

»Bleibt aber in der Nähe!«, sagte Scha-Ra zu den Kindern, bevor sie davonstürmten.

Alak, Ilke und Julsah waren aber bereits losgerannt, um sich den Regen anzuschauen, der aus dem Loch im Himmel strömte. Der herabstürzende Regen klang wie ein kleiner Wasserfall. Viele saßen am Ufer des Sees und warteten. Ilke ging nach vorn, räusperte sich und sang dann das Lied von der Grasebene bei Gredom, das Scha-Ra ihnen beigebracht hatte. Die Umstehenden lächelten, und als sie fertig war, klatschten einige sogar Beifall.

»Was treibst du denn da?«, fragte Alak, als sie wieder bei ihnen war. »Wir müssen warten, bis die Quelle bereit ist!«

»Ich singe«, lächelte sie. »Für mich sieht

die Quelle schon so aus, als ob sie bereit wäre.«

»Bist du dumm, oder was?«, schnaubte Julsah. »Typisch Mädchen, immer spielen sie sich auf, um Aufmerksamkeit zu bekommen!«

Ilke trat gegen sein Schienbein und ging.

Julsah schüttelte nur den Kopf.

Ein Fremder mit dunklem, langem Umhang kam auf Ilke zu und sagte: »Du singst sehr schön.«

»Danke«, entgegnete sie und machte Anstalten weiterzugehen, doch er versperrte ihr den Weg.

»Erkennst du mich denn nicht wieder?«, fragte er und zog die Kapuze nach hinten.

»Tarkan«, flüsterte sie, und ihr Herz bebte.

»Schön, dass du noch lebst. Wo ist Scha-Ra?«

»Wenn du denkst, dass wir dir das verraten, dann irrst du dich gewaltig!«, sagte Alak mutig und stellte sich neben Ilke.

Tarkan sah die beiden Jungen an. »Hallo, Alak! Schön, dich auch hier zu treffen«, sagte er mit einem schiefen Lächeln. »Ich glaube, hier laufen ein paar Minkh-Krieger herum, die nach dir und ihren Ahmelen suchen.«

»Was willst du?«, fragte Alak und hoffte, dass Tarkan seine Nervosität nicht bemerkte.

»An diesem Ort bekomme ich meine Kraft«, sagte Tarkan und zeigte auf den Regen. »Aber das hat euch Scha-Ra sicherlich schon erzählt. Ihr seid ja hier, um zu versuchen, mich aufzuhalten, wie ich vermute. Aber hat er euch auch erzählt, wie ihr das genau machen sollt? Ich glaube nicht, dass er das weiß. In Wahrheit seid ihr nur zwei ganz normale Kinder.«

»Du kannst uns nicht aufhalten«, sagte Ilke leise, »gerade weil wir Kinder sind. *Das* hat uns Scha-Ra erzählt.«

Tarkan schaute sich um. »Ihr habt Glück, dass hier so viele Leute sind. Wenn meine Krieger jetzt hier wären, würde ich euch zeigen, wie stark ich bereits bin.«

»Komm, wir gehen«, sagte Julsah und ergriff Ilkes Hand.

»Wir werden den Regen aufhalten«, zischte Ilke Tarkan noch zu, bevor sie fortgezogen wurde.

Tarkan lachte heiser, wurde dann aber plötzlich ernst. »Wie denn? Scha-Ra weiß nicht wie, und alles, was du kannst, ist ein Kinderlied singen.« Er zog die Kapuze wieder vor das Gesicht und ging in Richtung See.

»Das müssen wir Scha-Ra erzählen«, sagte Alak und schaute sich um, um sich zu vergewissern, dass Tarkan ihnen nicht vielleicht doch folgte. Über etliche Umwege kamen sie schließlich zu ihren Zelten zurück.

»Scha-Ra!«, riefen sie.

Der Zauberer sah von der *Phenomena* auf.

»Wir haben Tarkan gesehen – er ist hier in der Oase«, rief Ilke ganz außer Atem.

»Er sucht dich«, fügte Julsah hinzu. »Aber wir haben ihn überlistet, indem wir einen Umweg hierher genommen haben.«

»Das hat nichts genutzt, Kinder«, sagte Scha-Ra und erhob sich. Sie drehten sich um und sahen Tarkan nur einige Meter entfernt von ihnen stehen.

Plötzlich kam ein pulsierendes Licht von der Efraïber-Quelle her, so hell, dass alle sich umdrehten. Der aus dem Himmelsloch fallende Regen hatte begonnen, in kurzen Blitzen aufzuleuchten.

»Das Wasser zeigt uns, dass es bereit ist«, sagte Scha-Ra. »Lauft hin, Kinder! Jetzt ist der Augenblick gekommen!«

Alak und Ilke schauten zuerst Scha-Ra an, dann Tarkan.

»Ich kümmere mich um Tarkan«, sagte der Zauberer. »Lauft schnell zur Quelle!«

»Aber was sollen wir dann machen?« Ilke war den Tränen nahe.

»Sing!«, befahl Scha-Ra, ohne Tarkan aus den Augen zu lassen.

»Ich habe ja gesungen, aber es hat nichts bewirkt!«, schrie Ilke wütend. Tränen rannen ihr übers Gesicht.

»Sing noch einmal! Und macht jetzt endlich, dass ihr von hier wegkommt!«, brach es wütend aus Scha-Ra heraus.

»Du weißt nicht, was wir machen sollen, oder?«, rief Ilke mit tränenerstickter Stimme.

Der alte Zauberer sah sie traurig an. »Ich weiß es nicht, Ilke, aber die Prophezeiung sagt, dass du das Lied kennst. Das heißt, du hast es in dir. Versuch, es in dir aufzuspüren.« Mit diesen Worten setzte er den Helm auf und befestigte ihn unter seinem Kinn.

Julsah griff nach Ilkes Hand und versuchte, sie mit sich zu ziehen.

»Ich glaube nicht, dass es schlau ist, noch länger hierzubleiben«, sagte er.

»Aber, Scha-Ra …«, begann Ilke.

Scha-Ra blickte sie scharf an und da endlich folgte sie Alak und Julsah widerwillig.

Tarkan sah den Kindern nach, die in der Menge, die zur Efraïber-Quelle wollte, verschwanden. Dann drehte er sich zu Scha-Ra um, der sich auf die Kraft konzentrierte, die sich nun zwischen ihnen aufbaute.

Tarkan lachte leise. »Komme ich dir nicht vertraut vor?«, fragte er.

»Ja, jetzt, wo du es sagst …« Scha-Ra zögerte.

»Das hätte auch noch gefehlt, dass du mich nicht wiedererkannt hättest«, sagte Tarkan hämisch. »Deinen eigenen Bruder!«

Scha-Ra verlor für einen Augenblick seine Konzentration, und schon traf ihn Tarkans Kraft so heftig, dass er heftig zu Boden geschleudert wurde.

»Mentor?«, fragte Scha-Ra schockiert, während er versuchte, sich wieder aufzurappeln.

Tarkans Kraft schlug ihn erneut zu Boden. Dort blieb Scha-Ra mit dem Gesicht nach unten liegen, während ihm tausend Gedanken und Fragen durch den Kopf schossen.

»Warum?«, flüsterte er und rappelte sich auf. »Warum? Jeden Tag meines Lebens habe ich dich vermisst. Nicht ein Tag ist vergangen, an dem ich nicht Arkin verflucht und mich gefragt habe, welche Bosheit ihn dazu gebracht hatte, sein Schloss anzuzünden.«

»Das ist nicht schwer zu verstehen, wenn du nur gewusst hättest, was geschehen ist«, sagte Tarkan und trat Scha-Ra in die Seite, so dass er erneut stürzte. »Nicht Arkin hat das Schloss angezündet, sondern ich.«

»Aber warum, Mentor? Wir haben dort unsere schönsten Jugendjahre verbracht und wollten beide Zauberer werden.«

»Wir beide? *Du* solltest Arkins Nachfolger werden und ich nur ein einfacher Zauberer.«

»Hast du es aus Eifersucht getan?«

»Mein lieber Scha-Ra«, lachte Tarkan. »Ehrgeiz ist das richtige Wort. Ich bekam ein viel besseres Angebot.«

»Das Angebot war, dass dein Körper Tarkans Zuflucht sein sollte«, seufzte Scha-Ra.

»Falsch! Ich *bin* Tarkan!«

»Das glaubst du doch nur, Mentor. Tarkan ist nicht dein eigener Gedanke.«

»Du bist dümmer als ich gedacht hatte, Scha-Ra«, flüsterte Tarkan.

Er hob die Hände und schlug Scha-Ra mit solch brutaler Gewalt, so dass der alte Zauberer leblos im Gras liegen blieb.

Tarkan stand bereit, Scha-Ra den letzten, alles entscheidenden Schlag zu versetzen, als Arul sich auf ihn warf. Er war von dem Lärm und dem am Himmel pulsierenden Licht aufgewacht. Tarkan wurde von der großen Eisbärenpfote zu Boden geworfen.

»Du hast mich überrascht, Winterbär«, zischte Tarkan und erhob sich schnell wieder.

»Aber das passiert mir nicht noch einmal.« In seiner Hand hielt er Feuerkugeln.

»Das ist eine Sache zwischen Tarkan und mir!«, sagte Scha-Ra ernst zu Arul.

Tarkan drehte sich um und sah seinen Bruder an, der unbeholfen vom Boden aufstand.

»Nimm's nicht persönlich, Scha-Ra«, fauchte er. »Aber ich muss dich töten, um die Auserwählten auszuschalten.«

Als die beiden Zauberer aufeinanderstießen, erhob sich eine große Feuersäule in den Himmel. Arul wurde von dem Druck und der Kraft, die zwischen Tarkan und Scha-Ra entstanden waren, weggeschleudert. Fassungslos starrte der Winterbär auf die Feuersäule, die zwischen ihnen zischte und brannte.

Während die Kinder zwischen all den Leuten hindurchliefen, die sich versammelt hatten, um das Licht der Efraïber-Quelle zu betrachten, war eine gewaltige Explosion zu hören, und eine Feuersäule begann am Himmel zu lodern.

»Wir müssen uns beeilen!«, schrie Ilke. »Scha-Ra ist in Gefahr. Ich fühle es.«

Das Brausen des Wassers wurde stärker, je näher sie kamen. Sie hielten an der Quelle. Der fallende Regen sprühte kleine Funken.

»Was machen wir nun?«, rief Ilke nervös.

»Sing einfach!«, riet ihr Julsah.

Die Elfenkinder sahen einander unsicher an. Ilke nahm Alak bei der Hand, und zusammen begannen sie das Lied über die grasbewachsene Ebene von Gredom zu singen.

»Es funktioniert nicht«, rief Alak nach der zweiten Strophe. Verzweiflung überwältigte ihn, und Tränen schossen aus seinen Augen.

»Wir dürfen nicht aufgeben«, sagte Ilke.

»Es geht einfach nicht. Vielleicht sind doch nicht wir von der Prophezeiung gemeint«, flüsterte Alak verzweifelt.

In dem Augenblick, als sich Ilke wütend zu Alak umdrehte, berührten ihre Finger den Regen. Und in der gleichen Sekunde gefror das Wasser zu Eis. Eigenartige Töne, die Harfenklängen ähnelten, waren aus den gefrorenen Tropfen zu hören. Ilke drehte sich um und sah, dass die Leute immer näher kamen, um zu sehen, was da gerade geschehen war. Sie streckte wieder ihre Hand nach dem Wasser aus, und schon vibrierte ein hoher Ton einsam durch die Luft. Ilke bewegte ihre Finger und meinte zu spüren, dass die Tropfen sich in ihre Handfläche schmiegten und Töne von sich gaben. Als sie auch mit der anderen Hand mutig in den Wasserfall fasste, ergriffen sie die Töne und hoben sie vom Boden. In ihrem Kopf formten sie sich zu einer Melodie.

Alak und Julsah standen wie vom Donner gerührt da und sahen Ilke zu. Sie schwebte mitten im Regen und spielte mit dem Wasser, das vom Himmel herabfiel. Die Musik wurde limmer lauter, und das Wasser verfärbte sich. Zu Beginn war es durchsichtig bis blau, pulsierte es jetzt in allen Farben des Regenbogens. Sie schauten nach oben und sahen die Farben zur Öffnung in den Himmel steigen. Plötzlich begann die Erde zu beben. Die Menge, die sich versammelt hatte, geriet in Panik und floh. Ilke merkte nichts von alldem: Sie schwebte mitten im Regen und war ganz in die Musik eingetaucht.

Der erste Ton traf Tarkan wie ein Schlag. Er sah den Regen, der über der Quelle fiel, und die funkelnden Regenbogenfarben.

Scha-Ra, der sich kaum auf den Beinen halten konnte, folgte Tarkans Blick. Die Erschöpfung hatte sein Gesicht ganz grau werden lassen. Tarkan drehte sich rasend vor Wut zu seinem Bruder um, doch bevor er etwas sagen konnte, traf ihn bereits ein neuer Ton. Er machte einen Schritt nach vorn, um nicht das Gleichgewicht zu verlieren – da fasste Scha-Ra nach ihm und hielt ihn an sich gedrückt. Es war lange her, dass er Mentor in den Armen gehalten hatte. Tarkan stieß Scha-Ra von sich, als er wieder von den Tönen aus der Quelle getroffen wurde, und fiel zu Boden.

»Wenn du mich loswerden willst, musst du mich jetzt töten«, sagte Tarkan und schaute zu Scha-Ra hoch.

»Solange ich meinen Bruder Mentor in dir sehe, kann ich das nicht.«

»Dann bist du zu schwach, um die Prophezeiung zu erfüllen«, hustete Tarkan.

Die Musik wurde immer lauter. Tarkan versuchte aufzustehen, doch die Töne rissen und zerrten mit gewaltiger Kraft an ihm. Er kam auf die Knie und schwankte hin und her.

»Ich komme zurück, Scha-Ra, und dann werde ich viel stärker sein!«, japste er mit letzter Kraft. »Dieses Mal war das Schicksal auf deiner Seite. Das nächste Mal solltest du aber besser vorbereitet sein.« Er hob die Hände zum Himmel, löste sich langsam in Millionen von Wassertröpfchen auf und verschwand.

Scha-Ra sah der dunklen Wolke nach, die in Richtung Westen trieb.

»Nun müssen wir nach den Kindern schauen«, sagte Arul und legte die Pfote auf Scha-Ras Schulter.

Die Kinder standen durchnässt im Wasser, das aus dem Boden herausbrach.

»Habt ihr das gesehen?«, jubelte Ilke. »Ich habe es geschafft, ich habe die Quelle zum Singen gebracht!«

Sie bespritzte Alak und Julsah übermütig mit Wasser und hopste darin umher.

Die Leute schauten sie verwundert an. Die Erzählungen und Sagen waren Wirklichkeit geworden und es waren Kinder gewesen, die die Tat vollbracht hatten!

»Habt ihr das gesehen?«, rief Ilke und lief zu Scha-Ra und Arul.

»Nein, aber wir haben es gehört. Ich wusste, dass ihr es schaffen würdet«, sagte Scha-Ra und konnte die Tränen nicht zurückhalten.

»Ich hab es ganz allein geschafft«, rief Ilke eifrig. »Ich habe das Wasser ganz allein zum Singen gebracht!«

Scha-Ra schaute Alak nachdenklich an. Wann hatte Mentor begonnen, eifersüchtig zu werden? Hatte Arkin sie unterschiedlich behandelt? Er musste darauf achten, dass mit Alak und Ilke nicht das Gleiche geschah.

Ein hochgewachsener Mann in einem langen Mantel kam zusammen mit Melka und Ponjak auf sie zu. Er verbeugte sich vor ihnen.

»Mein Freunde Ponjak und Melka haben mir von euch und eurer langen Reise erzählt, die ihr unternommen habt, um die Prophezeiung von der Efraïber-Quelle zu erfüllen. Ich bin Emantucel, der Häuptling des Volkes der Mekks, und es wäre mir eine Ehre, wenn ihr zusammen mit uns den heutigen Tag feiern würdet.«

»Wir danken für die Einladung«, sagte Scha-Ra. »Doch die Prophezeiung ist noch nicht in Erfüllung gegangen.« Er nahm Alaks Stock. »Zuvor müssen wir noch etwas tun: Die neue Quelle soll vier große Flüsse speisen, die durch die Wüste führen sollen. Und du, Alak, musst ihnen die Richtung weisen.«

Scha-Ra umfasste den Jungen und drückte ihn zärtlich an sich.

Alak nickte stolz und rammte in Ufernähe seinen Stock ins Wasser und drückte eine Rinne in den Boden. Das Wasser sammelte sich um seinen Stock und rann in die Bahn hinein, die er gemacht hatte. Dann ging er ein Stück weiter und machte eine Rinne gen Nordosten. Er ging wieder weiter und machte das Gleiche gen Osten und Südosten. Dann gingen sie zu den anderen zurück.

»Entschuldige«, sagte Ilke. »Ich wollte dich

eben nicht ausgrenzen. Ich war nur so froh, dass wir es geschafft hatten.«

»Das macht gar nichts«, sagte Alak. »Du bist wieder gesund und wir sind zusammen – das ist das Wichtigste.«

»Was ist mit Tarkan geschehen? Ist er nun für immer verschwunden?«, fragte Ilke plötzlich.

Die anderen schauten erwartungsvoll zu Scha-Ra. Es war so viel passiert, dass sie Tarkan ganz vergessen hatten.

»Tarkan kann vor der Schlacht bei Gredom nicht besiegt werden«, antwortete Scha-Ra. »Aber wir haben den ersten Teil der *Phenomena* erfüllt und er wird uns nun eine ganze Weile in Ruhe lassen. Jetzt gehen wir erst einmal zu den Mekks feiern. Wir haben schon lange nichts mehr gegessen und ich merke, dass ich Hunger habe.«

Alle sahen ihn an und wunderten sich, wie Scha-Ra jetzt ans Essen denken konnte, nach all dem, was sie durchgemacht hatten.

Der alte Zauberer lächelte: »Mal im Ernst, seid ihr nicht auch hungrig, wenn ihr einmal kurz darüber nachdenkt?«

Sie schauten sich alle an.

»Ja«, sagte Arul dann mit Nachdruck.

Alle lachten und Emantucel zeigte ihnen

den Weg zu seinen Leuten und dem Lager, das sie hinter den Sanddünen aufgeschlagen hatten.

Viel später – als die Sonne langsam hinter dem Horizont verschwand – begann sich der Wüstensand zu rühren. Zuerst war es nur ein schwaches Beben, doch nach und nach stieg das Beben an, und die Erde öffnete sich. Die Rinnen, die Alak mit seinem Stock gezogen hatte, füllten sich mit Wasser. Es strömte und brauste und lief in den heißen Wüstensand. Es wollte kein Ende nehmen. Die Elfenkinder hielten den Atem an. Tatsächlich liefen die prophezeiten Flüsse in allen vier Richtungen durch die Wüste – so weit das Auge reichte.

Dieses Buch ist für meine beiden Kinder Leo Caspian und Joachim geschrieben worden sowie zum Gedenken an ihre Großmutter Marie Eliassen, die mir die Fantasie und damit die Kraft gab, die ich brauchte, um als Kind mein Leben leben zu können. Und zum Gedenken an meine Großmutter Ruth, die mehr als nur eine Großmutter für mich war. Und für diejenigen, die in Gedanken immer bei mir sind: Anne Marit Svedahl, Alf Ulvin und Vidar Grøtte. Und zum Schluss möchte ich denen danken, die mir bei der Arbeit an dem Buch geholfen und mich ermutigt haben: Einar, Benn und Marianne beim Verlag, meiner geliebten Hilde Katrine und meinem guten Freund Stian Bromark. Ohne euch wäre das Buch nie zustande gekommen. Danke für alle Hilfe, Unterstützung und Geduld.

Karte des Landes
Senecca-Ebene
Hisch
Frostreich
Schahm
Frühlingsreich
Zuhl
Sommerreich
Gruhl
Herbstreich
Akéres-Tal
Himmels-
monolith
Aker
Balam
Schihkzer
Zheher
Hebal-Gebirge
Santor-Gebirge
Ahuya
Nem fih
Jihdra
Chur-See
Mihraschaha
Werdad
Zheher-Wald
Mohabschakk
Stabiac
Jelda
Viga-Ljot
Merwihl-Gebirge
Edalüs
Meka
der brennende Fluss
Greschih-Pass
Chanihsa
Alam-Al-Mitz
Ipsion
Lethara
Efraiber-Quelle
Gebirgspass Ughih
Lupusta
San-Alabar
Parsihn-Ebene
Gebirgspass Ugh
Arugh-Gebirge

Ende des ersten Buches
Hebakk-Gebirge
Kihldikk
Gredom-Ebene
Monaga
Pülk-See
Orti
Fuhr
Keh
Perlenketten-Inseln
Tehr
Mah
Mihr
Ulder
Bühr
Vehmlada-Ebene
El-Elem
Organon
Jarda
Emblaz
Dynamis
Megihddah-Oase
Wüste Hada
Efanthiada
N